HÉSIODE ÉDITIONS

ANATOLE FRANCE

La Bûche

Hésiode éditions

© Hésiode éditions.

22 rue Gabrielle Josserand - 93500 Pantin.
ISBN 978-2-38512-206-5
Dépôt légal : Novembre 2023

Impression Books on Demand GmbH

In de Tarpen 42
22848 Norderstedt, Allemagne

La Bûche

J'avais chaussé mes pantoufles et endossé ma robe de chambre. J'essuyai une larme dont la bise qui soufflait sur le quai avait obscurci ma vue. Un feu clair flambait dans la cheminée de mon cabinet de travail. Des cristaux de glace, en forme de feuilles de fougère, fleurissaient les vitres des fenêtres et me cachaient la Seine, ses ponts et le Louvre des Valois.

J'approchai du foyer mon fauteuil et ma table volante, et je pris au feu la place qu'Hamilcar daignait me laisser. Hamilcar, à la tête des chenêts, sur un coussin de plume, était couché en rond, le nez entre ses pattes. Un souffle égal soulevait sa fourrure épaisse et légère. À mon approche, il coula doucement ses prunelles d'agate entre ses paupières mi-closes qu'il referma presque aussitôt, en songeant : « Ce n'est rien, c'est mon ami. »

– Hamilcar ! lui dis-je, en allongeant les jambes, Hamilcar, prince somnolent de la cité des livres, gardien nocturne ! Pareil au chat divin qui combattit les impies dans Héliopolis, pendant la nuit du grand combat, tu défends contre de vils rongeurs les livres que le vieux savant acquit au prix d'un modique pécule et d'un zèle infatigable. Dans cette bibliothèque que protègent tes vertus militaires, Hamilcar, dors avec la mollesse d'une sultane. Car tu réunis en ta personne l'aspect formidable d'un guerrier tartare à la grâce appesantie d'une femme d'Orient. Héroïque et voluptueux Hamilcar, dors en attendant l'heure où les souris danseront, au clair de la lune, devant les Acta sanctorum des doctes Bollandistes.

Le commencement de ce discours plut à Hamilcar, qui l'accompagna d'un bruit de gorge pareil au chant d'une bouilloire. Mais ma voix s'étant élevée, Hamilcar m'avertit en abaissant les oreilles et en plissant la peau zébrée de son front, qu'il était malséant de déclamer ainsi.

– Cet homme aux bouquins, songeait évidemment Hamilcar, parle pour ne rien dire, tandis que notre gouvernante ne prononce jamais que des paroles pleines de sens, pleines de choses, contenant soit l'annonce d'un repas, soit la promesse d'une fessée. On sait ce qu'elle dit. Mais ce vieillard assemble des sons qui ne signifient rien.

Ainsi pensait Hamilcar. Le laissant à ses réflexions, j'ouvris un livre que je lus avec intérêt, car c'était un catalogue de manuscrits. Je ne sais pas de lecture plus facile, plus attrayante, plus douce que celle d'un catalogue. Celui que je lisais, rédigé en 1824, par M. Thompson, bibliothécaire de sir Thomas Raleigh, pèche, il est vrai, par un excès de brièveté et ne présente point ce genre d'exactitude que les archivistes de ma génération introduisirent les premiers dans les ouvrages de diplomatique et de paléographie. Il laisse à désirer et à deviner. C'est peut-être pourquoi j'éprouve, en le lisant, un sentiment qui, dans une nature plus imaginative que la mienne, mériterait le nom de rêverie. Je m'abandonnais doucement au vague de mes pensées quand ma gouvernante m'annonça d'un ton maussade que M. Coccoz demandait à me parler.

Quelqu'un en effet se coula derrière elle dans la bibliothèque. C'était un petit homme, un pauvre petit homme, de mine chétive, et vêtu d'une mince jaquette. Il s'avança vers moi en faisant une quantité de petits saluts et de petits sourires. Mais il était bien pâle, et, quoique jeune et vif encore, il semblait malade. Je songeai, en le voyant, à un écureuil blessé. Il portait sous son bras une toilette verte qu'il posa sur une chaise ; puis, défaisant les quatre oreilles de la toilette, il découvrit un tas de petits livres jaunes.

– Monsieur, me dit-il alors, je n'ai pas l'honneur d'être connu de vous. Je suis courtier en librairie, monsieur. Je fais la place pour les principales maisons de la capitale, et, dans l'espoir que vous voudrez bien m'honorer de votre confiance, je prends la liberté de vous offrir quelques nouveautés.

Dieux bons ! dieux justes ! quelles nouveautés m'offrit l'homonculus Coccoz ! Le premier volume qu'il me mit dans la main fut l'Histoire de la Tour de Nesle, avec les amours de Marguerite de Bourgogne et du capitaine Buridan.

– C'est un livre historique, me dit-il en souriant, un livre d'histoire véritable.

– En ce cas, répondis-je, il est très ennuyeux, car les livres d'histoire qui ne mentent pas sont tous fort maussades. J'en écris moi-même de véridiques, et si, pour votre malheur, vous présentiez quelqu'un de ceux-là de porte en porte, vous risqueriez de le garder toute votre vie dans votre serge verte, sans jamais trouver une cuisinière assez mal avisée pour vous l'acheter.

– Certainement, monsieur, me répondit le petit homme, par pure complaisance.

Et, tout en souriant, il m'offrit les Amours d'Héloïse et d'Abeilard, mais je lui fis comprendre qu'à mon âge je n'avais que faire d'une histoire d'amour.

Souriant encore, il me proposa la Règle des Jeux de Société : piquet, bésigue, écarté, whist, dés, dames, échecs.

– Hélas ! lui dis-je, si vous voulez me rappeler les règles du bésigue, rendez-moi mon vieil ami Bignan, avec qui je jouais aux cartes, chaque soir, avant que les cinq académies l'eussent conduit solennellement au cimetière, ou bien encore abaissez à la frivolité des jeux humains la grave intelligence d'Hamilcar que vous voyez dormant sur ce coussin, car il est aujourd'hui le seul compagnon de mes soirées.

Le sourire du petit homme devint vague et effaré.

– Voici, me dit-il, un recueil nouveau de divertissements de société, facéties et calembours, avec les moyens de changer une rose rouge en rose blanche.

Je lui dis que j'étais depuis longtemps brouillé avec les roses et que, quant aux facéties, il me suffisait de celles que je me permettais, sans le savoir, dans le cours de mes travaux scientifiques.

L'homonculus m'offrit son dernier livre avec son dernier sourire. Il me dit :

– Voici la Clef des Songes, avec l'explication de tous les rêves qu'on peut faire : rêve d'or, rêve de voleur, rêve de mort, rêve qu'on tombe du haut d'une tour… C'est complet !

J'avais saisi les pincettes, et c'est en les agitant avec vivacité que je répondis à mon visiteur commercial :

– Oui, mon ami, mais ces songes et mille autres encore, joyeux et tragiques, se résument en un seul : le songe de la vie ; et votre petit livre jaune me donnera-t-il la clef de celui-là ?

– Oui, monsieur, me répondit l'homonculus. Le livre est complet et pas cher : 1 franc 25 cent., monsieur.

J'appelai ma gouvernante, car il n'y a pas de sonnette en mon logis.

– Thérèse, dis-je, monsieur Coccoz, que je vous prie de reconduire, possède un livre qui peut vous intéresser : c'est la Clef des Songes. Je serai heureux de vous l'offrir.

Ma gouvernante me répondit :

– Monsieur, quand on n'a pas le temps de rêver éveillée, on n'a pas davantage le temps de rêver endormie, Dieu merci ! mes jours suffisent à ma tâche, et ma tâche suffit à mes jours, et je puis dire chaque soir : « Seigneur, bénissez le repos que je vais prendre ! » Je ne songe ni debout ni couchée, et je ne prends pas mon édredon pour un diable, comme cela arriva à ma cousine. Et si vous me permettez de donner mon avis, je dirai que nous avons assez de livres ici. Monsieur en a des mille et des mille qui lui font perdre la tête, et moi j'en ai deux qui me suffisent, mon Paroissien romain et ma Cuisinière bourgeoise.

Ayant ainsi parlé, ma gouvernante aida le petit homme à renfermer sa pacotille dans la toilette verte.

L'homonculus Coccoz ne souriait plus. Ses traits détendus prirent une telle expression de souffrance que je fus aux regrets d'avoir raillé un homme aussi malheureux, je le rappelai et lui dis que j'avais lorgné du coin de l'œil l'Histoire d'Estelle et de Némorin, dont il possédait un exemplaire ; que j'aimais beaucoup les bergers et les bergères et que j'achèterais volontiers, à un prix raisonnable, l'histoire de ces deux parfaits amants.

– Je vous vendrai ce livre 1 fr. 25, monsieur, me répondit Coccoz, dont le visage rayonnait de joie. C'est historique et vous en serez content. Je sais maintenant ce qui vous convient. Je vois que vous êtes un connaisseur. Je vous apporterai demain les Crimes des papes. C'est un bon ouvrage. Je vous apporterai l'édition d'amateur, avec les figures coloriées.

Je l'invitai à n'en rien faire et le renvoyai content. Quand la toilette verte se fut évanouie avec le colporteur dans l'ombre du corridor, je demandai à ma gouvernante d'où nous était tombé ce pauvre petit homme.

– Tombé est le mot, me répondit-elle ; il nous est tombé des toits, monsieur, où il habite avec sa femme.

– Il a une femme, dites-vous, Thérèse ? Cela est merveilleux ! les femmes sont de bien étranges créatures. Celle-ci doit être une pauvre petite femme.

– Je ne sais trop ce qu'elle est, me répondit Thérèse, mais je la vois chaque matin traîner dans l'escalier des robes de soie tachées de graisse. Elle coule des yeux luisants. Et, en bonne justice, ces yeux et ces robes-là conviennent-ils à une femme qu'on a reçue par charité ? Car on les a pris dans le grenier pendant le temps qu'on répare le toit, en considération de ce que le mari est malade et la femme dans un état intéressant. La concierge dit même que ce matin elle a senti les douleurs et qu'elle est alitée à cette heure. Ils avaient bien besoin d'avoir un enfant !

– Thérèse, répondis-je, ils n'en avaient sans doute nul besoin. Mais la nature voulait qu'ils en fissent un ; elle les a fait tomber dans son piège. Il faut une prudence exemplaire pour déjouer les ruses de la nature. Plaignons-les et ne les blâmons pas ! Quant aux robes de soie, il n'est pas de jeune femme qui ne les aime. Les filles d'Ève adorent la parure. Vous-même, Thérèse, qui êtes grave et sage, quels cris vous poussez quand il vous manque un tablier blanc pour servir à table ! Mais, dites-moi, ont-ils le nécessaire dans leur grenier ?

– Et comment l'auraient-ils, monsieur ? me répondit ma gouvernante ; le mari, que vous venez de voir, était courtier en bijouterie, à ce que m'a dit la concierge, et on ne sait pas pourquoi il ne vend plus de montres. Vous venez de voir qu'il vend maintenant des almanachs. Ce n'est pas là un métier honnête, et je ne croirai jamais que Dieu bénisse un marchand d'almanachs. La femme, entre nous, m'a tout l'air d'une propre à rien, d'une Marie-couche-toi-là. Je la crois capable d'élever un enfant comme moi de jouer de la guitare. On ne sait d'où cela vient, mais je suis certaine qu'ils arrivent par le coche de Misère du pays de Sans-Souci.

– D'où qu'ils viennent, Thérèse, ils sont malheureux, et leur grenier est froid.

– Pardi ! le toit est crevé en plusieurs endroits et la pluie du ciel y coule en rigoles. Ils n'ont ni meubles ni linge. L'ébéniste et le tisserand ne travaillent pas, je pense, pour des chrétiens de cette confrérie-là !

– Cela est fort triste, Thérèse, et voilà une chrétienne moins bien pourvue que ce païen d'Hamilcar. Que dit-elle ?

– Monsieur, je ne parle jamais à ces gens-là. Je ne sais ce qu'elle dit, ni ce qu'elle chante. Mais elle chante toute la journée. Je l'entends de l'escalier quand j'entre ou quand je sors.

– Eh bien ! l'héritier des Coccoz pourra dire comme l'œuf, dans la devinette villageoise : « Ma mère me fit en chantant. » Pareille chose advint à Henri IV. Quand Jeanne d'Albret se sentit prise des douleurs, elle se mit à chanter un vieux cantique béarnais :

Notre-Dame du bout du pont,
Venez à mon aide en cette heure !
Priez le Dieu du ciel
Qu'il me délivre vite,
Qu'il me donne un garçon !

Il est évidemment déraisonnable de donner la vie à des malheureux. Mais cela se fait journellement, ma pauvre Thérèse, et tous les philosophes du monde ne parviendront pas à réformer cette sotte coutume. Madame Coccoz l'a suivie et elle chante. Voilà qui est bien ! Mais, dites-moi, Thérèse, n'avez-vous pas mis aujourd'hui le pot-au-feu ?

– Je l'ai mis, monsieur, et même il n'est que temps que j'aille l'écumer.

– Fort bien ! mais ne manquez point, Thérèse, de tirer de la marmite un bon bol de bouillon, que vous porterez à madame Coccoz, notre hypervoisine.

Ma gouvernante allait se retirer quand j'ajoutai fort à propos :

– Thérèse, veuillez donc, avant tout, appeler votre ami le commissionnaire, et dites-lui de prendre dans notre bûcher une bonne crochetée de bois qu'il montera au grenier des Coccoz. Surtout, qu'il ne manque pas de mettre dans son tas une maîtresse bûche, une vraie bûche de Noël.

Quant à l'homonculus, je vous prie, s'il revient, de le consigner poliment à ma porte, lui et tous ses livres jaunes.

Ayant pris ces petits arrangements avec l'égoïsme raffiné d'un vieux célibataire, je me remis à lire mon catalogue.

Avec quelle surprise, quelle émotion, quel trouble j'y vis cette mention, que je ne puis transcrire sans que ma main tremble :

« La légende dorée de Jacques de Gênes (Jacques de Voragine), traduction française, petit in-4. »

» Ce manuscrit, du quatorzième siècle, contient, outre la traduction assez complète de l'ouvrage célèbre de Jacques de Voragine : 1o les légendes des saints Ferréol, Ferrution, Germain, Vincent et Droctovée ; 2o un poème sur la Sépulture miraculeuse de Monsieur saint Germain d'Auxerre. Cette traduction, ces légendes et ce poème sont dus au clerc Alexandre.

» Ce manuscrit est sur vélin. Il contient un grand nombre de lettres ornées et deux miniatures finement exécutées, mais dans un mauvais état de conservation ; l'une représente la Purification de la Vierge, et l'autre le couronnement de Proserpine. »

Quelle découverte ! La sueur m'en vint au front, et mes yeux se couvrirent d'un voile. Je tremblai, je rougis et, ne pouvant plus parler, j'éprouvai le besoin de pousser un grand cri.

Quel trésor ! J'étudie depuis quarante ans la Gaule chrétienne et spécialement cette glorieuse abbaye de Saint-Germain-des-Prés d'où sortirent ces rois-moines qui fondèrent notre dynastie nationale. Or, malgré la coupable insuffisance de la description, il était évident pour moi que le manuscrit du clerc Alexandre provenait de la grande abbaye. Tout me le prouvait : Les légendes ajoutées par le traducteur se rapportaient toutes à la pieuse fondation du roi Childebert. La légende de saint Droctovée était particulièrement significative, car c'est celle du premier abbé de ma chère abbaye. Le poème en vers français, relatif à la sépulture de saint Germain, me conduisait dans la nef même de la vénérable basilique, qui fut le nombril de la Gaule chrétienne.

La Légende dorée est par elle-même un vaste et gracieux ouvrage. Jacques de Voragine, définiteur de l'ordre de Saint-Dominique et archevêque de Gênes, assembla, au treizième siècle, les traditions relatives aux saints de la catholicité, et il en forma un recueil d'une telle richesse, qu'on s'écria dans les monastères et dans les châteaux : « C'est la légende dorée ! » La Légende dorée était surtout opulente en hagiographie romaine. Rédigée par un moine italien, elle se complaît dans le domaine terrestre de saint Pierre. Voragine n'aperçoit qu'à travers une froide brume les plus grands saints de l'Occident. Aussi les traducteurs aquitains et saxons de ce bon légendaire prirent-ils le soin d'ajouter à son récit les vies de leurs saints nationaux.

J'ai lu et collationné bien des manuscrits de la Légende dorée. Je connais ceux que décrit mon savant collègue, M. Paulin Paris, dans son beau catalogue des manuscrits de la bibliothèque du roi. Il y en a deux notamment qui ont fixé mon attention. L'un est du quatorzième siècle et contient une traduction de Jean Belet ; l'autre, plus jeune d'un siècle, renferme la version de Jacques Vignay. Ils proviennent tous deux du fonds Colbert et furent placés sur les tablettes de cette glorieuse colbertine par les soins du bibliothécaire Baluze, dont je ne puis prononcer le nom sans ôter mon bonnet, car, dans le siècle des géants de l'érudition, Baluze étonne par sa grandeur. Je connais un très curieux codex du fonds Bigot ; je connais soixante-quatorze éditions imprimées, à commencer par leur vénérable aïeule à toutes, la gothique de Strasbourg, qui fut commencée en 1471, et terminée en 1475. Mais aucun de ces manuscrits, aucune de ces éditions ne contient les légendes des saints Ferréol, Ferrution, Germain, Vincent et Droctovée, aucun ne porte le nom du clerc Alexandre, aucun enfin ne sort de l'abbaye de Saint-Germain-des-Prés. Ils sont tous au manuscrit décrit par M. Thompson ce que la paille est à l'or. Je voyais de mes yeux, je touchais du doigt un témoignage irrécusable de l'existence de ce document. Mais le document lui-même, qu'était-il devenu ? Sir Thomas Raleigh était allé finir sa vie sur les bords du lac de Côme où il avait emporté une partie de ses nobles richesses. Où donc s'en étaient-elles allées, après la mort de cet élégant curieux ? Où donc s'en était allé le manuscrit du clerc Alexandre ?

– Pourquoi, me dis-je, pourquoi ai-je appris que ce précieux livre existe, si je dois ne le posséder, ne le voir jamais ? J'irais le chercher au cœur brûlant de l'Afrique ou dans les glaces du pôle si je savais qu'il y fût. Mais je ne sais où il est. Je ne sais s'il est gardé dans une armoire de fer, sous une triple serrure, par un jaloux bibliomane ; je ne sais s'il moisit dans le grenier d'un ignorant. Je frémis à la pensée que, peut-être, ses feuillets arrachés couvrent les pots de cornichons de quelque ménagère.

30 août 1850.
Une lourde chaleur ralentissait mes pas. Je rasais les murs des quais du nord, et, dans l'ombre tiède, les boutiques de vieux livres, d'estampes et de meubles anciens amusaient mes yeux et parlaient à mon esprit. Bouquinant et flânant, je goûtais au passage quelques vers fièrement tortillés par un poète de la pléiade, je lorgnais une élégante mascarade de Watteau, je tâtais de l'œil une épée à deux mains, un gorgerin d'acier, un morion. Quel casque épais et quelle lourde cuirasse, seigneur ! Vêtement de géant ? Non ; carapace d'insecte. Les hommes d'alors étaient cuirassés comme des hannetons ; leur faiblesse était en dedans. Tout au contraire,

notre force est intérieure, et notre âme armée habite un corps débile.

Voici le pastel d'une dame du vieux temps ; la figure, effacée comme une ombre, sourit ; et l'on voit une main gantée de mitaines à jour retenir sur ses genoux de satin un bichon enrubanné. Cette image me remplit d'une mélancolie charmante. Que ceux qui n'ont point dans leur âme un pastel à demi effacé se moquent de moi ! Comme les chevaux qui sentent l'écurie, je hâte le pas à l'approche de mon logis. Voici la ruche humaine où j'ai ma cellule, pour y distiller le miel un peu âcre de l'érudition. Je gravis d'un pas lourd les degrés de mon escalier. Encore quelques marches et je suis à ma porte. Mais je devine, plutôt que je ne la vois, une robe qui descend avec un bruit de soie froissée. Je m'arrête et m'efface contre la rampe. La dame qui vient est en cheveux ; elle est jeune, elle chante ; ses yeux et ses dents brillent dans l'ombre, car elle rit de la bouche et du regard. C'est assurément une voisine et des plus familières. Elle tient dans ses bras un joli enfant, un petit garçon tout nu, comme un fils de déesse ; il porte au cou une médaille attachée par une chaînette d'argent. Je le vois qui suce ses pouces et me regarde avec ses grands yeux ouverts sur ce vieil univers nouveau pour lui. La mère me regarde en même temps d'un air mystérieux et mutin ; elle s'arrête, rougit à ce que je crois, et me tend la petite créature. Le bébé a un joli pli entre le poignet et le bras, un pli au cou ; et de la tête aux pieds ce sont de jolies fossettes qui rient dans la chair rose.

La maman me le montre avec orgueil :

– Monsieur, me dit-elle, n'est-ce pas qu'il est bien joli, mon petit garçon ?

Elle lui prend la main, la lui met sur la bouche, puis conduit vers moi les mignons doigts roses, en disant :

– Bébé, envoie un baiser au monsieur.

Et, serrant le petit être dans ses bras, elle s'échappe avec l'agilité d'une chatte et s'enfonce dans un corridor qui, si j'en crois l'odeur, mène à une cuisine.

J'entre chez moi.

– Thérèse, qui peut donc être cette jeune mère que j'ai vue nu-tête dans l'escalier avec un joli petit garçon ?

Et Thérèse me répond que c'est madame Coccoz.

Je regarde le plafond comme pour y chercher quelque lumière. Thérèse me rappelle le petit colporteur qui, l'an passé, m'apporta des almanachs pendant que sa femme accouchait.

– Et Coccoz ? Demandai-je.

Il me fut répondu que je ne le verrais plus. Le pauvre petit homme avait été mis en terre, à mon insu et à l'insu de bien d'autres personnes, peu de temps après l'heureuse délivrance de madame Coccoz. J'appris que sa veuve s'était consolée ; je fis comme elle.

– Mais, Thérèse, demandai-je, madame Coccoz ne manque-t-elle de rien dans son grenier ?

– Vous seriez une grande dupe, monsieur, me répondit ma gouvernante, si vous preniez souci de cette créature. On lui a donné congé du grenier dont le toit est réparé. Mais elle y reste malgré le propriétaire, le gérant, le concierge et l'huissier. Je crois qu'elle les a ensorcelés tous. Elle sortira de son grenier, monsieur, quand il lui plaira, mais elle en sortira en carrosse. C'est moi qui vous le dis.

Thérèse réfléchit un moment ; puis elle prononça cette sentence :

« Une jolie figure est une malédiction du ciel ! »

– Je dois rendre grâce au ciel, qui m'a épargné cette malédiction. Mais prenez ma canne et mon chapeau. Je vais lire, pour me récréer, quelques pages du Moréri. Si j'en crois mon flair de vieux renard, nous aurons à dîner une poularde d'un fumet délicat. Donnez vos soins, ma fille, à cette estimable volaille et épargnez le prochain afin qu'il nous épargne, vous et votre vieux maître.

Ayant ainsi parlé, je m'appliquai à suivre les rameaux touffus d'une généalogie princière.

7 mai 1851.
J'ai passé l'hiver au gré des sages, in angello cum libello, et voici que les hirondelles du quai Malaquais me trouvent à leur retour tel à peu près qu'elles m'ont laissé. Qui vit peu change peu, et ce n'est guère vivre que d'user ses jours sur de vieux textes.

Pourtant je me sens aujourd'hui un peu plus imprégné que jamais de cette vague tristesse que distille la vie. L'économie de mon intelligence (je n'ose me l'avouer à moi-même) est troublée depuis l'heure caractéristique à laquelle l'existence du manuscrit du clerc Alexandre m'a été révélée.

Il est étrange que, pour quelques feuillets de vieux parchemin, j'aie perdu le repos, mais rien n'est plus vrai. Le pauvre sans désirs possède le plus grand des trésors ; il se possède lui-même. Le riche qui convoite n'est qu'un esclave misérable. Je suis cet esclave-là. Les plaisirs les plus doux, celui de causer avec un homme d'un esprit fin et modéré, celui de dîner avec un ami ne me font pas oublier le manuscrit, qui me manque depuis que je sais qu'il existe. Il me manque le jour, il me manque la nuit ; il me manque dans la joie et dans la tristesse ; il me manque dans le travail et dans le repos.

Je me rappelle mes désirs d'enfant. Comme je comprends aujourd'hui les envies toutes-puissantes de mon premier âge !

Je revois avec une singulière précision une poupée qui, lorsque j'avais dix ans, s'étalait dans une méchante boutique de la rue de Seine. Comment il arriva que cette poupée me plut, je ne sais. J'étais très fier d'être un garçon ; je méprisais les petites filles et j'attendais avec impatience le moment (qui, hélas ! est venu) où une barbe piquante me hérisserait le menton. Je jouais aux soldats et, pour nourrir mon cheval à bascule, je ravageais les plantes que ma pauvre mère cultivait sur sa fenêtre. C'était là des jeux mâles, je pense ! Et pourtant j'eus envie d'une poupée. Les Hercule ont de ces faiblesses. Celle que j'aimais était-elle belle au moins ? Non. Je la vois encore : Elle avait une tache de vermillon sur chaque joue, des bras mous et courts, d'horribles mains de bois et de longues jambes écartées. Sa jupe à fleurs était fixée à la taille par deux épingles. Je vois encore les têtes noires de ces deux épingles. C'était une poupée de mauvais ton, sentant le faubourg. Je me rappelle bien que, tout bambin que j'étais et ne portant pas encore de culottes, je sentais, à ma manière, mais très vivement, que cette poupée manquait de grâce, de tenue ; qu'elle était grossière, qu'elle était brutale. Mais je l'aimais malgré cela, je l'aimais pour cela. Je n'aimais qu'elle. Je la voulais. Mes soldats et mes tambours ne m'étaient plus de rien. Je ne mettais plus dans la bouche de mon cheval à bascule des branches d'héliotrope et de véronique. Cette poupée était tout pour moi. J'imaginais des ruses de sauvage pour obliger Virginie, ma bonne, à passer avec moi devant la petite boutique de la rue de Seine. J'appuyais mon nez à la vitre et il fallait que ma bonne me tirât par le bras. « Monsieur Sylvestre, il est tard et votre maman vous grondera. » M. Sylvestre se moquait bien alors des gronderies et des fessées. Mais sa bonne l'enlevait comme une plume, et M. Sylvestre cédait à la force. Depuis, avec l'âge, il s'est gâté et cède à la crainte. Il ne craignait rien alors.

J'étais malheureux. Une honte irréfléchie mais irrésistible m'empêchait d'avouer à ma mère l'objet de mon amour. De là mes souffrances. Pendant quelques jours la poupée, sans cesse présente à mon esprit, dansait devant mes yeux, me regardait fixement, m'ouvrait les bras, prenait dans mon imagination une sorte de vie qui me la rendait mystérieuse et terrible, et d'autant plus chère et plus désirable.

Enfin, un jour, jour que je n'oublierai jamais, ma bonne me conduisit chez mon oncle, le capitaine Victor, qui m'avait invité à déjeuner. J'admirais beaucoup mon oncle, le capitaine, tant parce qu'il avait brûlé la dernière cartouche française à Waterloo que parce qu'il confectionnait de ses propres mains, à la table de ma mère, des chapons à l'ail, qu'il mettait ensuite dans la salade de chicorée. Je trouvais cela très beau. Mon oncle Victor m'inspirait aussi beaucoup de considération par ses redingotes à brandebourgs et surtout par une certaine manière de mettre toute la maison sens dessus dessous dès qu'il y entrait. Encore aujourd'hui, je ne sais trop comment il s'y prenait, mais j'affirme que, quand mon oncle Victor se trouvait dans une assemblée de vingt personnes, on ne voyait, on n'entendait que lui. Mon excellent père ne partageait pas, à ce que je crois, mon admiration pour l'oncle Victor, qui l'empoisonnait avec sa pipe, lui donnait par amitié de grands coups de poing dans le dos et l'accusait de manquer d'énergie. Ma mère, tout en gardant au capitaine une indulgence de sœur, l'invitait parfois à moins caresser les flacons d'eau-de-vie. Mais je n'entrais ni dans ces répugnances ni dans ces reproches, et l'oncle Victor m'inspirait le plus pur enthousiasme. C'est donc avec un sentiment d'orgueil que j'entrai dans le petit logis qu'il habitait rue Guénégaud. Tout le déjeuner, dressé sur un guéridon au coin du feu, consistait en charcuterie et en sucreries.

Le capitaine me gorgea de gâteaux et de vin pur. Il me parla des nombreuses injustices dont il avait été victime. Il se plaignit surtout des Bourbons, et comme il négligea de me dire qui étaient les Bourbons, je m'imaginai, je ne sais trop pourquoi, que les Bourbons étaient des marchands de chevaux établis à Waterloo. Le capitaine, qui ne s'interrompait que pour nous verser à boire, accusa par surcroît une quantité de morveux, de jean-fesse et de propre-à-rien que je ne connaissais pas du tout et que je haïssais de tout mon cœur. Au dessert, je crus entendre dire au capitaine que mon père était un homme que l'on menait par le bout du nez ; mais je ne suis pas bien sûr d'avoir compris. J'avais des bourdonnements dans les oreilles, et il me semblait que le guéridon dansait.

Mon oncle mit sa redingote à brandebourgs, prit son chapeau tromblon, et nous descendîmes dans la rue, qui m'avait l'air extraordinairement changée. Il me semblait qu'il y avait très longtemps que je n'y étais venu. Toutefois, quand nous fûmes dans la rue de Seine, l'idée de ma poupée me revint à l'esprit et me causa une exaltation extraordinaire. Ma tête était en feu. Je résolus de tenter un grand coup. Nous passâmes devant la boutique ; elle était là, derrière la vitre, avec ses joues rouges, avec sa jupe à fleurs et ses grandes jambes.

– Mon oncle, dis-je avec effort, voulez-vous m'acheter cette poupée ?

Et j'attendis.

– Acheter une poupée à un garçon, sacrebleu ! s'écria mon oncle d'une voix de tonnerre. Tu veux donc te déshonorer ! Et c'est cette Margot-là encore qui te fait envie. Je te fais compliment, mon bonhomme. Si tu gardes ces goûts-là, tu n'auras guère d'agrément dans la vie, et les camarades diront que tu es un fameux jobard. Si tu me demandais un sabre, un fusil, je te les payerais, mon garçon, sur le dernier écu blanc de ma pension de retraite. Mais te payer une poupée, mille tonnerres ! pour te déshonorer ! Jamais de la vie ! Si je te voyais jouer avec une margoton ficelée comme celle-là, monsieur le fils de ma sœur, je ne vous reconnaîtrais plus pour mon neveu.

En entendant ces paroles, j'eus le cœur si serré que l'orgueil, un orgueil diabolique, m'empêcha seul de pleurer.

Mon oncle, subitement calmé, revint à ses idées sur les Bourbons ; mais moi, resté sous le coup de son indignation, j'éprouvais une honte indicible. Ma résolution fut bientôt prise. Je me promis de ne pas me déshonorer ; je renonçai fermement et pour jamais à la poupée aux joues rouges.

Ce jour-là je connus l'austère douceur du sacrifice.

Capitaine, s'il est vrai que de votre vivant vous jurâtes comme un païen, fumâtes comme un Suisse et bûtes comme un sonneur, que néanmoins votre mémoire soit honorée, non seulement parce que vous fûtes un brave, mais aussi parce que vous avez révélé à votre neveu en jupons le sentiment de l'héroïsme ! L'orgueil et la paresse vous avaient rendu à peu près insupportable, ô mon oncle Victor ! mais un grand cœur battait sous les brandebourgs de votre redingote. Vous portiez, il m'en souvient, une rose à la boutonnière. Cette fleur que vous laissiez cueillir aux demoiselles de boutique, à ce que je crois aujourd'hui, cette fleur au grand cœur ouvert qui s'effeuillait à tous les vents, était le symbole de votre glorieuse jeunesse. Vous ne méprisiez ni l'absinthe, ni le tabac, mais vous méprisiez la vie. On ne pouvait apprendre de vous, capitaine, ni le bon sens ni la délicatesse, mais vous me donnâtes, à l'âge où ma bonne me mouchait encore, une leçon d'honneur et d'abnégation que je n'oublierai jamais.

Vous reposez depuis longtemps déjà dans le cimetière du Mont-Parnasse, sous une humble dalle qui porte cette épitaphe :

CI-GÎT
ARISTIDE-VICTOR MALDENT,
CAPITAINE D'INFANTERIE, CHEVALIER DE LA LÉGION
D'HONNEUR.

Mais ce n'est pas là, capitaine, l'inscription que vous réserviez à vos vieux os tant roulés sur les champs de bataille et dans les lieux de plaisir. On trouva dans vos papiers cette amère et fière épitaphe que, malgré votre dernière volonté, on n'osa mettre sur votre tombe :

CI-GÎT
UN BRIGAND DE LA LOIRE.

– Thérèse, nous porterons demain une couronne d'immortelles sur la tombe du brigand de la Loire.

Mais Thérèse n'est pas ici. Et comment serait-elle près de moi, sur le rond-point des Champs-Élysées ? Là-bas, au bout de l'avenue, l'Arc de Triomphe, qui porte sous ses voûtes les noms des compagnons d'armes de l'oncle Victor, ouvre sur le ciel sa porte gigantesque. Les arbres de l'avenue déploient, au soleil du printemps, leurs premières feuilles encore pâles et frileuses. À mon côté, les calèches roulent vers le Bois de Boulogne. J'ai, sans le savoir, poussé ma promenade sur cette avenue mondaine, et je me suis arrêté stupidement devant une boutique en plein air où sont des pains d'épice et des carafes de coco bouchées par un citron. Un petit misérable, couvert de loques qui laissent voir sa peau gercée, ouvre de grands yeux devant ces somptueuses douceurs qui ne sont point pour lui. Il montre son envie avec l'impudeur de l'innocence. Ses yeux ronds et fixes contemplent un bonhomme de pain d'épice d'une haute taille. C'est un général, et il ressemble un peu à l'oncle Victor. Je le prends, je le paye et je le tends au petit pauvre qui n'ose y porter la main, car, par une précoce expérience, il ne croit pas au bonheur ; il me regarde de cet air qu'on voit aux gros chiens et qui veut dire : « Vous êtes cruel de vous moquer de moi. »

– Allons, petit nigaud, lui dis-je de ce ton bourru qui m'est ordinaire, prends, prends et mange, puisque, plus heureux que je ne fus à ton âge, tu peux satisfaire tes goûts sans te déshonorer. Et vous, oncle Victor, vous, dont ce général de pain d'épice m'a rappelé la mâle figure, venez, ombre glorieuse, me faire oublier ma nouvelle poupée. Nous sommes d'éternels enfants et nous courons sans cesse après des jouets nouveaux.

Même jour.

C'est de la façon la plus bizarre que la famille Coccoz est associée dans mon esprit au clerc Alexandre.

– Thérèse, dis-je, en me jetant dans mon fauteuil, dites-moi si le jeune Coccoz se porte bien et s'il a ses premières dents, et donnez-moi mes pantoufles.

– Il doit les avoir, monsieur, me répondit Thérèse, mais je ne les ai pas vues. Au premier beau jour de printemps, la mère a disparu avec l'enfant laissant meubles et hardes. On a trouvé dans son grenier trente-huit pots de pommade vides. Cela passe l'imagination. Elle recevait des visites, dans ces derniers temps, et vous pensez bien qu'elle n'est pas à cette heure dans un couvent de nonnes. La nièce de la concierge dit l'avoir rencontrée en calèche sur les boulevards. Je vous avais bien dit qu'elle finirait mal.

– Thérèse, répondis-je, cette jeune femme n'a fini ni en mal ni en bien. Attendez le terme de sa vie pour la juger. Et prenez garde de trop parler chez la concierge. Madame Coccoz, que j'ai à peine aperçue une fois dans l'escalier, m'a semblé bien aimer son enfant. Cet amour doit lui être compté.

– Pour cela, monsieur, le petit ne manquait de rien. On n'en aurait pas trouvé dans tout le quartier un seul mieux gavé, mieux bichonné et mieux léché que lui. Elle lui met une bavette blanche tous les jours que Dieu fait, et lui chante du matin au soir des chansons qui le font rire.

– Thérèse, un poète a dit : « L'enfant à qui n'a point souri sa mère n'est digne ni de la table des dieux ni du lit des déesses. »

8 juillet 1852.

Ayant appris qu'on refaisait le dallage de la chapelle de la Vierge à Saint-Germain-des-Prés, je me rendis dans l'église avec l'espoir de trouver quelques inscriptions mises à découvert par les ouvriers. Je ne me trompais pas. L'architecte me montra gracieusement une pierre qu'il avait fait poser de champ, contre le mur. Je m'agenouillai pour voir l'inscription gravée sur cette pierre, et c'est à mi-voix, dans l'ombre de la vieille abside, que je lus ces mots qui me firent battre le cœur :

Cy gist Alexandre, moyne de ceste église, qui fist mettre en argent le menton de saint Vincent et de saint Amant et le pié des Innocens ; qui toujours en son vivant fut preud'homme et vayllant. Priez pour l'ame de lui.

J'essuyai doucement avec mon mouchoir la poussière qui souillait cette dalle funéraire ; j'aurais voulu la baiser.

– C'est lui, c'est Alexandre ! m'écriai-je et, du haut des voûtes, ce nom retomba sur ma tête avec fracas, comme brisé.

La face grave et muette du suisse, que je vis s'avançant vers moi, me fit honte de mon enthousiasme, et je m'enfuis à travers les deux goupillons croisés sur ma poitrine par deux rats d'église rivaux.

Pourtant c'était bien mon Alexandre ! plus de doute ; le traducteur de la Légende dorée, l'auteur des vies des saints Germain, Vincent, Ferréol, Ferrution et Droctovée, était, comme je l'avais pensé, un moine de Saint-Germain-des-Prés. Et quel bon moine encore, pieux et libéral ! Il fit faire un menton d'argent, une tête d'argent, un pied d'argent pour que des restes précieux fussent couverts d'une enveloppe incorruptible ! Mais pourrai-je jamais connaître son œuvre, ou cette nouvelle découverte ne doit-elle qu'augmenter mes regrets ?

20 août 1859.
« Moi, qui plais à quelques-uns et qui éprouve tous les hommes, la joie des bons et la terreur des méchants ; moi, qui fais et détruis l'erreur, je prends sur moi de déployer mes ailes. Ne me faites pas un crime si, dans

mon vol rapide, je glisse par-dessus des années. »

Qui parle ainsi ? C'est un vieillard que je connais trop, c'est le Temps.

Shakespeare, après avoir terminé le troisième acte du Conte d'Hiver, s'arrête pour laisser à la petite Perdita le temps de croître en sagesse et en beauté, et quand il rouvre la scène, il y évoque l'antique Porte-faux, pour rendre raison aux spectateurs des longs jours qui ont pesé sur la tête du jaloux Léontes.

J'ai laissé dans ce journal, comme Shakespeare dans sa comédie, un long intervalle dans l'oubli, et je fais, à l'exemple du poète, intervenir le Temps, pour expliquer l'omission de dix années. Voilà dix ans, en effet, que je n'ai écrit une ligne dans ce cahier, et je n'ai pas, hélas ! en reprenant la plume, à décrire une Perdita « grandie dans la grâce ». La jeunesse et la beauté sont les compagnes fidèles des poètes ; mais ces fantômes charmants nous visitent à peine, nous autres, l'espace d'une saison. Nous ne savons pas les fixer. Si l'ombre de quelque Perdita s'avisait, par un inconvenable caprice, de traverser ma cervelle, elle s'y froisserait horriblement à des tas de parchemin racorni. Heureux les poètes ! leurs cheveux blancs n'effarouchent point les ombres flottantes des Hélène, des Francesca, des Juliette, des Julie et des Dorothée ! Et le nez seul de Sylvestre Bonnard mettrait en fuite tout l'essaim des grandes amoureuses.

J'ai pourtant, comme un autre, senti la beauté ; j'ai pourtant éprouvé le charme mystérieux que l'incompréhensible nature a répandu sur des formes animées ; une vivante argile m'a donné le frisson qui fait les amants et les poètes. Mais je n'ai su ni aimer ni chanter. Dans mon âme, encombrée d'un fatras de vieux textes et de vieilles formules, je retrouve, comme une miniature dans un grenier, un clair visage avec deux yeux de pervenche... Bonnard, mon ami, vous êtes un vieux fou. Lisez ce catalogue qu'un libraire de Florence vous envoya ce matin même. C'est un catalogue de manuscrits et il vous promet la description de quelques pièces notables, conservées par des curieux d'Italie et de Sicile. Voilà qui vous convient et va à votre mine !

Je lis, je pousse un cri. Hamilcar, qui a pris avec l'âge une gravité qui m'intimide, me regarde d'un air de reproche et semble me demander si le repos est de ce monde, puisqu'il ne peut le goûter auprès de moi, qui suis vieux comme il est vieux.

Dans la joie de ma découverte, j'ai besoin d'un confident, et c'est au sceptique Hamilcar que je m'adresse avec l'effusion d'un homme heureux.

– Non, Hamilcar, non, lui dis-je, le repos n'est pas de ce monde, et la quiétude à laquelle vous aspirez est incompatible avec les travaux de la vie. Et qui vous dit que nous sommes vieux ? Écoutez ce que je lis dans ce catalogue et dites après s'il est temps de se reposer :

« La Légende dorée de Jacques de Voragine ; traduction française du quatorzième siècle, par le clerc Alexandre.

« Superbe manuscrit, orné de deux miniatures, merveilleusement exécutées et dans un parfait état de conservation, représentant, l'une la Purification de la Vierge et l'autre le Couronnement de Proserpine.

« À la suite de la Légende dorée on trouve les Légendes des saints Ferréol, Ferrution, Germain et Droctovée, xxviij pages, et la Sépulture miraculeuse de monsieur Saint-Germain d'Auxerre, xij pages.

« Ce précieux manuscrit, qui faisait partie de la collection de sir Thomas Raleigh, est actuellement conservé dans le cabinet de M. Micael-Angelo Polizzi, de Girgenti. »

– Vous entendez, Hamilcar. Le manuscrit du clerc Alexandre est en Sicile, chez Micael-Angelo Polizzi. Puisse cet homme aimer les savants ! Je vais lui écrire.

Ce que je fis aussitôt. Par ma lettre, je priais M. Polizzi de me communiquer le manuscrit du clerc Alexandre, lui disant à quels titres j'osais me croire digne d'une telle faveur. Je mettais en même temps à sa disposition quelques textes inédits que je possède et qui ne sont pas dénués d'intérêt. Je le suppliais de me favoriser d'une prompte réponse, et j'inscrivis, au-dessous de ma signature, tous mes titres honorifiques.

– Monsieur ! monsieur ! où courez-vous ainsi ? s'écriait Thérèse effarée, en descendant quatre à quatre, à ma poursuite, les marches de l'escalier, mon chapeau à la main.

– Je vais mettre une lettre à la poste, Thérèse.

– Seigneur Dieu ! s'il est permis de s'échapper ainsi, nu-tête, comme un fou !

– Je suis fou, Thérèse. Mais qui ne l'est pas ? Donne-moi vite mon chapeau.

– Et vos gants, monsieur ! et votre parapluie !

J'étais au bas de l'escalier que je l'entendais encore s'écrier et gémir.

10 octobre 1859.
J'attendais la réponse de M. Polizzi avec une impatience que je contenais mal. Je ne tenais pas en place ; je faisais des mouvements brusques ; j'ouvrais et je fermais bruyamment mes livres. Il m'arriva un jour de culbuter du coude un tome du Moréri. Hamilcar, qui se léchait, s'arrêta soudain et, la patte par-dessus l'oreille, me regarda d'un œil fâché. Était-ce donc à cette vie tumultueuse qu'il devait s'attendre sous

mon toit ? N'étions-nous pas tacitement convenus de mener une existence paisible ? J'avais rompu le pacte.

– Mon pauvre compagnon, répondis-je, je suis en proie à une passion violente, qui m'agite et me mène. Les passions sont ennemies du repos, j'en conviens ; mais, sans elles, il n'y aurait ni industries ni arts en ce monde. Chacun sommeillerait nu sur un tas de fumier, et tu ne dormiras pas tout le jour, Hamilcar, sur un coussin de soie, dans la cité des livres.

Je n'exposai pas plus avant à Hamilcar la théorie des passions, parce que ma gouvernante m'apporta une lettre. Elle était timbrée de Naples et disait :

« Illustrissime seigneur,
« Je possède en effet l'incomparable manuscrit de la Légende dorée, qui n'a point échappé à votre lucide attention. Des raisons capitales s'opposent impérieusement et tyranniquement à ce que je m'en désaisisse pour un seul jour, pour une seule minute. Ce sera pour moi une joie et une gloire de vous le communiquer dans mon humble maison de Girgenti, laquelle sera embellie et illuminée par votre présence. C'est donc dans l'impatiente espérance de votre venue que j'ose me dire, seigneur académicien, votre humble et dévoué serviteur,

« MICAEL-ANGELO POLIZZI,

« négociant en vins et archéologue à

Girgenti (Sicile). »

Hé bien ! j'irai en Sicile :

Extremum hunc, Arethusa, mihi concede laborem.
25 octobre 1859.

Ma résolution étant prise et mes arrangements faits, il ne me restait plus qu'à avertir ma gouvernante. J'avoue que j'hésitai longtemps à lui annoncer mon départ. Je craignais ses remontrances, ses railleries, ses objurgations, ses larmes. « C'est une brave fille, me disais-je ; elle m'est attachée ; elle voudra me retenir, et Dieu sait que quand elle veut quelque chose, les paroles, les gestes et les cris lui coûtent peu. En cette circonstance, elle appellera à son aide la concierge, le frotteur, la cardeuse de matelas et les sept fils du fruitier ; ils se mettront tous à genoux, en rond, à mes pieds ; ils pleureront, et ils seront si laids que je leur céderai pour ne plus les voir. »

Telles étaient les affreuses images, les songes de malade que la peur assemblait dans mon imagination. Oui, la peur, la peur féconde, comme dit le poète, enfantait ces monstres dans mon cerveau. Car, je le confesse en ces pages intimes : j'ai peur de ma gouvernante. Je sais qu'elle sait que je suis faible, et cela m'ôte tout courage dans mes luttes avec elle. Ces luttes sont fréquentes et j'y succombe invariablement.

Mais il fallait bien annoncer mon départ à Thérèse. Elle vint dans la bibliothèque avec une brassée de bois pour allumer un petit feu, « une flambée », disait-elle. Car les matinées sont fraîches. Je l'observais du coin de l'œil, tandis qu'elle était accroupie, la tête sous le tablier de la cheminée. Je ne sais d'où me vint alors mon courage, mais je n'hésitai pas. Je me levai, et me promenant de long en large dans la chambre :

– À propos, dis-je, d'un ton léger, avec cette crânerie particulière aux poltrons, à propos, Thérèse, je pars pour la Sicile.

Ayant parlé, j'attendis, fort inquiet. Thérèse ne répondait pas. Sa tête et son vaste bonnet restaient enfouis dans la cheminée, et rien dans sa personne, que j'observais, ne trahissait la moindre émotion. Elle fourrait du papier sous les bûches et soufflait le feu. Voilà tout.

Enfin, je revis son visage ; il était calme, si calme que je m'en irritai.
– Vraiment, pensai-je, cette vieille fille n'a guère de cœur. Elle me laisse partir sans seulement dire « Ah ! » Est-ce donc si peu pour elle que l'absence de son vieux maître ?

– Allez, monsieur, me dit-elle enfin, mais revenez à six heures. Nous avons aujourd'hui, à dîner, un plat qui n'attend pas.

Naples, 10 novembre 1859.
Co tra calle vive, magne e lave a faccia.

– J'entends, mon ami ; je puis, pour trois centimes, boire, manger et me laver le visage, le tout au moyen d'une tranche de ces pastèques que tu étales sur une petite table. Mais des préjugés occidentaux m'empêcheraient de goûter avec assez de candeur cette simple volupté. Et comment sucerais-je des pastèques ? J'ai assez à faire de me tenir debout dans cette foule. Quelle nuit lumineuse et bruyante dans la Strada di Porto ! Les fruits s'élèvent en montagnes dans les boutiques éclairées de falots multicolores. Sur les fourneaux, allumés en plein vent, l'eau fume dans les chaudrons et la friture chante dans les poêles. L'odeur des poissons frits et des viandes chaudes me chatouille le nez et me fait éternuer. Je m'aperçois, en cette circonstance, que mon mouchoir a quitté la poche de ma redingote. Je suis poussé, soulevé et viré dans tous les sens par le peuple le plus gai, le plus bavard, le plus vif et le plus adroit qu'on se puisse imaginer, et voici précisément une jeune commère qui, tandis que j'admire ses magnifiques cheveux noirs, m'envoie, d'un coup de son épaule élastique et puissante, à trois pas en arrière, sans m'endommager, dans les bras d'un mangeur de macaroni qui me reçoit en souriant.

Je suis à Naples. Comment j'y arrivai avec quelques restes informes et mutilés de mes bagages, je ne puis le dire, pour la raison que je ne le sais pas moi-même. J'ai voyagé dans un effarement perpétuel et je crois bien que j'avais tantôt dans cette ville claire la mine d'un hibou au soleil. Cette nuit, c'est bien pis ! Voulant observer les mœurs populaires, j'allai dans la Strada di Porto, où je suis présentement. Autour de moi, des groupes animés se pressent devant les boutiques de victuailles, et je flotte comme une épave au gré de ces flots vivants qui, quand ils submergent, caressent encore. Car ce peuple napolitain a, dans sa vivacité, je ne sais quoi de doux et de flatteur. Je ne suis point bousculé, je suis bercé et je pense que, à force de me balancer deçà, delà, ces gens vont m'endormir debout. J'admire, en foulant les dalles de lave de la Strada, ces portefaix et ces pêcheurs qui vont, parlent, chantent, fument, gesticulent, se querellent et s'embrassent avec une étonnante rapidité. Ils vivent à la fois par tous les sens et, sages sans le savoir, mesurent leurs désirs à la brièveté de la vie. Je m'approchai d'un cabaret fort achalandé et je lus sur la porte ce quatrain en patois de Naples :

Amice, alliegre magnammo e bevimmo
Nfin che n'ce stace noglio a la lucerna :
Chi sa s'a l'autro munno nc'e vedimmo ?
Chi sa s'a l'autro munno n'ce taverna ?

Amis, mangeons et buvons joyeusement
Tant qu'il y a de l'huile dans la lampe :
Qui sait si dans l'autre monde nous nous reverrons ?
Qui sait si dans l'autre monde il y a une taverne ?

Horace donnait de semblables conseils à ses amis. Vous les reçûtes, Postumus ; vous les entendîtes, Leuconoé, belle révoltée qui vouliez savoir les secrets de l'avenir. Cet avenir est maintenant le passé et nous le connaissons. En vérité, vous aviez bien tort de vous tourmenter pour si peu, et votre ami se montrait homme de sens en vous conseillant d'être sage et de filtrer vos vins grecs. Sapias, vina liques. C'est ainsi qu'une belle terre et qu'un ciel pur conseillent les calmes voluptés. Mais il y a des âmes tourmentées d'un sublime mécontentement ; ce sont les plus nobles. Vous fûtes de celles-là, Leuconoé ; et, venu sur le déclin de ma vie dans la ville où brilla votre beauté, je salue avec respect votre ombre mélancolique. Les âmes semblables à la vôtre qui parurent dans la chrétienté furent des âmes de saintes, et leurs miracles emplissent la Légende dorée. Votre ami Horace a laissé une postérité moins noble, et je vois un de ses petits-fils en la personne du cabaretier poète qui, présentement, verse du vin dans des tasses, sous son enseigne épicurienne.

Et pourtant la vie donne raison à l'ami Flaccus, et sa philosophie est la seule qui s'accommode au train des choses. Voyez-moi ce gaillard, qui appuyé à un treillis couvert de pampres, mange une glace en regardant les étoiles. Il ne se baisserait pas pour ramasser ce vieux manuscrit que je vais chercher à travers tant de fatigues. Et en vérité l'homme est fait plutôt pour manger des glaces que pour compulser de vieux textes.

Je continuais à errer autour des buveurs et des chanteurs. Il y avait des amoureux qui mordaient à de beaux fruits en se tenant par la taille. Il faut bien que l'homme soit naturellement mauvais, car toute cette joie étrangère m'attristait profondément. Cette foule étalait un goût si naïf de la vie que toutes mes pudeurs de vieux scribe s'en effarouchaient. Puis, j'étais désespéré de ne rien comprendre aux paroles qui résonnaient dans l'air. C'était pour un philologue une humiliante épreuve. J'étais donc fort maussade, quand quelques mots prononcés derrière moi me firent dresser l'oreille.

– Ce vieillard est certainement un Français, Dimitri. Son air embarrassé me fait peine. Voulez-vous que je lui parle ?… Il a un bon dos rond, ne trouvez-vous pas, Dimitri ?

Cela était dit en français par une voix de femme. Il me fut assez désagréable tout d'abord de m'entendre traiter de vieillard. Est-on un vieillard à soixante-deux ans ? L'autre jour, sur le pont des Arts, mon collègue Perrot d'Avrignac me fit compliment de ma jeunesse, et il s'entend mieux en âges, apparemment, que cette jeune corneille qui babille sur mon dos.

Mon dos est rond, dit-elle. Ah ! ah ! j'en avais quelque soupçon ; mais je n'en crois plus rien depuis que c'est l'avis d'une petite folle. Je ne tournerai certes pas la tête pour voir qui a parlé, mais je suis sûr que c'est une jolie femme. Pourquoi ? Parce qu'elle parle comme une personne capricieuse et comme une enfant gâtée. Les laides seraient capricieuses tout autant que les jolies ; mais, comme on ne les gâte pas, comme on ne leur passe rien, il faut qu'elles perdent leurs caprices ou qu'elles les cachent. Au contraire, les jolies sont fantasques tout à leur aise. Ma voisine est de celles-là. Toutefois en y songeant, elle a exprimé en somme, à mon égard, une pensée bienveillante qui mérite ma reconnaissance.

Mes réflexions, avec cette dernière qui les couronna, se succédèrent dans mon esprit en moins d'une seconde, et, si j'ai mis toute une minute à les dire, c'est que je suis un mauvais écrivain, qualité commune à tous les philologues. Il n'y avait donc pas une seconde que la voix s'était tue quand, me retournant, je vis une jolie femme petite, brune et très vive.

— Madame, lui dis-je en m'inclinant, excusez mon indiscrétion involontaire. J'ai entendu malgré moi ce que vous venez de dire. Vous vouliez rendre service à un pauvre vieillard. Cela est fait, madame : seul le son d'une voix française me fait un plaisir dont je vous remercie.

Je saluai de nouveau et voulus m'éloigner. Mais mon talon glissa sur une écorce de pastèque, et j'embrassais certainement le sol parthénopéen si la jeune femme n'eût avancé le bras pour me soutenir.

Il y a dans les choses, et même dans les plus petites choses, une force à laquelle on ne peut résister. Je me résignai à rester le protégé de l'inconnue.

— Il est tard, me dit-elle ; ne voulez-vous point regagner votre hôtel, qui doit être voisin du nôtre, si ce n'est le même ?

– Madame, répondis-je, je ne sais quelle heure il est, parce qu'on m'a volé ma montre, mais je crois, comme vous, qu'il est temps de faire retraite, et je serai heureux de regagner l'hôtel de Gênes, en compagnie de courtois compatriotes.

Ce disant, je m'inclinai de nouveau devant la jeune dame et je saluai son compagnon qui était un colosse silencieux, doux et triste.

Après avoir fait quelques pas avec eux, j'appris entre autres choses que c'étaient le prince et la princesse Trépof et qu'ils accomplissaient le tour du monde pour recueillir des boîtes d'allumettes dont ils faisaient collection.

Nous longeâmes un vicoletto étroit et tortueux, qu'éclairait seulement une lampe allumée devant la niche d'une madone. La transparence et la pureté de l'air donnaient à l'ombre même une légèreté céleste, et l'on se conduisait sans peine à la faveur de cette nuit limpide. Mais nous enfilâmes une venelle, ou pour parler napolitain, un sottoportico qui cheminait sous des arches si nombreuses et sous des balcons d'une telle saillie qu'aucune lueur du ciel n'y descendait. Ma jeune guide nous avait fait prendre ce chemin pour abréger, disait-elle, mais aussi, à ce que je crois, pour montrer qu'elle avait le pied napolitain, et connaissait la ville. Il fallait en effet connaître la ville pour se hasarder de nuit dans ce dédale de voies souterraines et d'escaliers. Si jamais homme se laissa guider docilement, c'est bien moi. Dante ne suivait point les pas de Béatrice avec plus de confiance que je ne suivais ceux de la princesse Trépof.

Cette dame prenait quelque plaisir à ma conversation, car elle m'offrit une place dans sa voiture pour visiter le lendemain la grotte de Pausilippe et le tombeau de Virgile. Elle me déclara qu'elle m'avait vu quelque part ; mais elle ne savait si c'était à Stockholm ou à Canton. Dans le premier cas, j'étais un professeur de géologie très distingué ; dans le second, j'étais un négociant en comestibles, duquel on appréciait le savoir-vivre et l'obligeance. Ce qui est certain, c'est qu'elle avait vu mon dos quelque part.

– Excusez-moi, ajouta-t-elle ; nous voyageons sans cesse, mon mari et moi, pour rassembler des boîtes d'allumettes et changer d'ennui en changeant de pays. Il vaudrait mieux, peut-être, s'ennuyer d'une seule façon. Mais nous sommes installés pour voyager ; cela va tout seul, et ce serait tout une affaire s'il fallait que nous nous arrêtions quelque part. Je vous dis cela pour que vous ne soyez pas surpris de ce que mes idées se brouillent un peu dans ma tête. Mais du plus loin que je vous ai aperçu ce soir, j'ai senti, j'ai su que je vous revoyais. Où vous avais-je déjà vu ? Voilà la question. Vous n'êtes décidément ni le géologue, ni le marchand de comestibles ?

– Non, madame, répondis-je ; je ne suis ni l'un ni l'autre, et je le regrette, puisque vous avez eu à vous louer d'eux. Je n'ai rien qui me recommande à votre attention. J'ai passé ma vie sur des livres et je n'ai jamais voyagé ; vous l'avez vu à mon embarras qui vous a fait pitié. Je suis membre de l'Institut.

– Vous êtes membre de l'Institut ! Mais c'est charmant, cela ! Vous m'écrirez quelque chose sur mon album. Savez-vous le chinois ? J'aimerais beaucoup que vous missiez du chinois ou du persan sur mon album. Je vous présenterai à mon amie, miss Fergusson, qui voyage pour voir toutes les célébrités du monde. Elle sera enchantée. Dimitri, vous entendez ! monsieur est membre de l'Institut et il a passé sa vie sur des livres !

Le prince approuva de la tête.

– Monsieur, lui dis-je, en essayant de le mêler à la conversation, on apprend sans doute quelque chose dans les livres, mais on apprend beaucoup plus en voyageant, et je regrette de n'avoir pas, comme vous, parcouru le monde. J'habite depuis trente ans la même maison et je n'en sors guère.

– Habiter trente ans la même maison, est-ce possible ? s'écria madame

Trépof.

– Oui, madame, lui dis-je. Il est vrai que cette maison est située sur le bord de la Seine, dans le lieu le plus illustre et le plus beau du monde. Je vois de ma fenêtre les Tuileries et le Louvre, le Pont-Neuf, les tours de Notre-Dame, les tourelles du Palais de Justice et la flèche de la Sainte-Chapelle. Toutes ces pierres me parlent ; elles me content des histoires du temps de saint Louis, des Valois, d'Henri IV et de Louis XIV. Je les comprends et je les aime. Ce n'est qu'un petit coin, mais de bonne foi, madame, en est-il un plus glorieux ?

A ce moment nous nous trouvions sur une place, un largo que baignaient les douces clartés de la nuit. Madame Trépof me regarda d'un air inquiet, ses sourcils relevés rejoignaient presque ses cheveux frisés et noirs.

– Où habitez-vous ? me dit-elle brusquement.

– Sur le quai Malaquais, madame, et je me nomme Bonnard. Mon nom est peu connu, mais c'est assez pour moi que mes amis ne l'oublient pas.

Cette révélation, si peu importante qu'elle fût produisit sur madame Trépof un effet extraordinaire. Elle me tourna le dos et saisit le bras de son mari :

– Allons, Dimitri, lui dit-elle, hâtez-vous ! Je suis horriblement fatiguée et vous n'avancez pas. Nous n'arriverons jamais. Quant à vous, monsieur votre chemin est par là.

Elle me montra d'un geste vague quelque obscur vicole, poussa son mari dans un sens opposé et me cria sans tourner la tête :

– Adieu, monsieur. Nous n'irons pas demain au Pausilippe, ni après-demain non plus. J'ai une migraine affreuse, affreuse. Dimitri, vous êtes insupportable, vous n'avancez pas !

Je restai stupide, cherchant dans mon esprit, sans pouvoir le découvrir, ce qui avait pu indisposer contre moi madame Trépof. J'étais perdu et condamné selon toute apparence à chercher mon chemin toute la nuit. Quant à le demander, il m'eût fallu pour cela rencontrer un visage humain et je désespérais d'en voir un seul. Dans mon désespoir je pris une rue au hasard, une rue ou pour mieux dire un affreux coupe-gorge. C'en avait tout l'air, et c'en était un, car j'y étais engagé depuis quelques minutes quand je vis deux hommes qui jouaient du couteau. Ils s'attaquaient de la langue plus encore que de la lame, et je compris aux injures qu'ils échangeaient que c'étaient deux amoureux. J'enfilai prudemment une ruelle voisine pendant que ces braves gens continuaient à s'occuper de leur affaire, sans se soucier le moins du monde des miennes. Je cheminai quelque temps à l'aventure et m'assis découragé sur un banc de pierre, où je maugréai intérieurement contre les caprices de madame Trépof.

– Bonjour, signor. Revenez-vous de San-Carlo ? Avez-vous entendu la diva ? Il n'y a qu'à Naples qu'on chante comme elle.

Je levai la tête et reconnus mon hôte. J'étais assis contre la façade de mon hôtel, sous ma propre fenêtre.

Monte-Allegro, 30 novembre 1859.
Nous nous reposions, moi, mes guides et leurs mules, sur la route de Sciacca à Girgenti, dans une auberge du pauvre village de Monte-Allegro, dont les habitants, consumés par la mal'aria, grelottent au soleil. Mais ce sont des Grecs encore, et leur gaieté résiste à tout. Quelques-uns d'entre eux entouraient l'auberge avec une curiosité souriante. Un conte, si j'avais su leur en faire, leur eût fait oublier les maux de la vie. Ils avaient l'air intelligent, et les femmes, bien que hâlées et flétries, portaient avec grâce un long manteau noir.

Je voyais devant moi des ruines blanchies par le vent de la mer et sur lesquelles l'herbe ne croît même pas. La morne tristesse du désert règne sur cette terre aride dont le sein gercé nourrit à peine quelques mimosas dépouillés, quelques cactus et des palmiers nains. À vingt pas de moi, le long d'une ravine, des cailloux blanchissaient comme une traînée d'ossements. Mon guide m'apprit que c'était un ruisseau.

J'étais depuis quinze jours en Sicile. Entré dans cette baie de Palerme, qui s'ouvre entre les deux masses arides et puissantes du Pellegrino et du Catalfano et qui se creuse le long de la Conque d'or, je ressentis une telle admiration que je résolus de visiter cette île si noble par ses souvenirs et si belle par les lignes de ses collines dans lesquelles se retrouve le principe de l'art grec. Vieux pèlerin, blanchi dans l'occident gothique, j'osai m'aventurer sur cette terre classique et, m'arrangeant avec un guide, j'allai de Palerme à Trapani, de Trapani à Sélinonte, de Sélinonte à Sciacca que j'ai quitté ce matin pour me rendre à Girgenti où je dois trouver le manuscrit du clerc Alexandre. Les belles choses que j'ai vues sont si présentes à mon esprit, que je considère comme une vaine fatigue le soin de les décrire. Pourquoi gâter mon voyage en amassant des notes ? Les amants qui aiment bien n'écrivent pas leur bonheur.

Tout à la mélancolie du présent et à la poésie du passé, l'âme ornée de belles images et les yeux pleins de lignes harmonieuses et pures, je goûtais dans l'auberge de Monte-Allegro l'épaisse rosée d'un vin de feu, quand je vis entrer dans la salle commune deux personnes qu'après un peu d'hésitation je reconnus être M. et madame Trépof.

Je vis cette fois la princesse dans la lumière, et dans quelle lumière ! A jouir de celle de la Sicile, on comprend mieux ces expressions de Sophocle : « O sainte lumière,... œil du jour d'or ! » Madame Trépof, vêtue de toile écrue et coiffée d'un large chapeau de paille, me parut une très jolie femme de vingt-huit ans. Ses yeux étaient d'un enfant, mais son menton replet annonçait l'âge de la plénitude. Elle est, je dois l'avouer, une agréable personne. Elle est souple et changeante : c'est l'onde, et je ne suis point navigateur, grâce au ciel ! Je lui trouvai présentement un air de mauvaise humeur que j'attribuai, d'après quelques mots entrecoupés qu'elle jeta, à ce qu'elle n'avait rencontré aucun brigand sur sa route.

– Ces choses-la n'arrivent qu'à nous ! disait-elle en laissant tomber ses bras avec découragement.

Elle demanda un verre d'eau glacée que son hôte lui présenta d'un geste qui me rappela les scènes d'offrandes funéraires peintes sur les vases grecs.

Je ne me hâtais point de me présenter à cette dame qui m'avait si vite abandonné sur une place de Naples ; mais elle m'aperçut dans mon coin, et son sourcil froncé m'avertit suffisamment que ma rencontre lui était désagréable.

Après qu'elle eut avalé une gorgée d'eau, soit que son caprice eût tourné, soit que ma solitude lui eût fait pitié, elle alla droit à moi.

– Bonjour, monsieur Bonnard, me dit-elle. Comment vous portez-vous ? Quel hasard de vous rencontrer dans cet affreux pays.

Ce pays n'est pas affreux, madame, répondis-je. Cette terre est une terre de gloire. La beauté est une si grande et si auguste chose, que des siècles de barbarie ne peuvent l'effacer à ce point qu'il n'en reste des vestiges adorables. La majesté de l'antique Cérès plane encore dans ces vallées arides, et la Muse grecque qui fit retentir de ses accents divins Aréthuse et le Ménale, chante encore à mes oreilles sur la montagne dénudée et dans la source tarie. Oui, madame, quand notre globe inhabité roulera dans l'espace, comme la lune, son cadavre blême, le sol qui porte les ruines de Sélinonte gardera encore dans la mort universelle l'empreinte de la beauté, et alors, alors du moins, il n'y aura plus de bouche frivole pour blasphémer ces grandeurs solitaires.

Je sentais bien que ces paroles passaient l'entendement de la jolie petite tête vide qui m'écoutait. Mais un bonhomme qui, comme moi, consume sa vie sur des livres ne sait pas varier le ton à propos. D'ailleurs, j'étais heureux de donner à madame Trépof une leçon de respect. Elle la reçut avec tant de soumission et un tel air d'intelligence, que j'ajoutai avec autant de bonhomie qu'il me fut possible :

– Quant à savoir si le hasard qui me fait vous rencontrer est heureux ou fâcheux, je ne le puis avant d'être certain que ma présence ne vous est point importune. L'autre jour, à Naples, vous parûtes brusquement fatiguée de ma compagnie. Je ne puis attribuer qu'à mon naturel déplaisant la cause de cette disgrâce, puisque j'avais alors l'honneur de vous voir pour la première fois de ma vie.

Ces paroles lui inspirèrent une joie inexplicable. Elle me sourit avec le plus gracieux enjouement et, me tendant une main de laquelle j'approchai mes lèvres :

– Monsieur Bonnard, me dit-elle vivement, ne me refusez pas la moitié de ma voiture. Vous me parlerez en chemin de l'antiquité et cela m'amusera beaucoup.

– Ma chère amie, dit le prince, ce sera comme il vous plaira ; mais vous savez qu'on est horriblement moulu dans votre voiture et je crains que vous n'offriez à M. Bonnard l'occasion d'une affreuse courbature.

Madame Trépof secoua la tête pour laisser entendre qu'elle n'entrait pas dans des considérations de ce genre, puis elle défit son chapeau. L'ombre de ses cheveux noirs descendait sur ses yeux et les baignait d'une brume veloutée. Elle restait immobile et son visage avait pris l'expression inattendue de la rêverie. Mais elle se jeta tout à coup sur des oranges que l'aubergiste avait apportées dans une corbeille et elle les mit une à une dans un pli de sa robe.

— Ce sera pour la route, nous dit-elle. Nous allons comme vous à Girgenti. Mais savez-vous pourquoi nous allons à Girgenti ? Je vais vous l'apprendre. Vous savez que mon mari collectionne les boîtes d'allumettes. Nous en avons acheté treize cents à Marseille. Mais nous avons appris qu'il y en avait une fabrique à Girgenti. C'est, à ce qu'on nous a dit, une petite fabrique dont les produits, fort laids, ne sortent guère de la ville et des environs. Eh bien ! nous allons à Girgenti acheter des boîtes d'allumettes. Dimitri a essayé de toutes les collections, mais il n'y a que celle des boîtes d'allumettes qui l'intéresse. Il possède déjà cinq mille deux cent quatorze types différents. Il y en qui nous ont donné une peine affreuse à trouver. Nous savions, par exemple, qu'on avait fait à Naples des boîtes avec les portraits de Mazzini et de Garibaldi, et que la police avait saisi les planches des portraits et emprisonné le fabricant. À force de chercher et de demander, nous trouvâmes une de ces boîtes pour cent francs, au lieu de deux sous. Ce n'était pas trop cher, mais on nous dénonça. Nous fûmes pris pour des conspirateurs. On visita nos effets ; on ne trouva pas la boîte que j'avais bien cachée, mais on trouva mes bijoux qu'on emporta. Ils les ont encore. L'affaire fit du bruit et nous devions être arrêtés. Mais le roi se fâcha et dit qu'on nous laissât tranquilles. Jusque-là j'avais trouvé stupide de collectionner les boîtes d'allumettes ; mais quand je vis qu'il y allait de la liberté et de la vie, peut-être, j'y pris goût. Maintenant j'ai le fanatisme des boîtes d'allumettes. Nous irons l'été prochain en Suède, pour compléter notre série. N'est-ce pas, Dimitri ?

J'éprouvai (dois-je le dire ?) quelque sympathie pour ces intrépides collectionneurs. Sans doute j'eusse préféré voir M. et madame Trépof recueillir en Sicile des marbres antiques et des vases peints. J'eusse aimé les voir occupés des ruines d'Agrigente et des traditions poétiques de l'Éryx. Mais enfin, ils faisaient une collection, ils étaient de la confrérie, et pouvais-je les railler sans me railler un peu moi-même ? D'ailleurs madame Trépof avait parlé de sa collection avec un mélange d'enthousiasme et d'ironie qui m'en rendait l'idée très plaisante.

Nous nous disposions à quitter l'auberge, quand nous vîmes descendre de la salle haute quelques personnages qui portaient des escopettes sous leurs manteaux sombres. Ils m'eurent tout l'air de bandits qualifiés et, après leur départ, je communiquai à M. Trépof l'impression que j'en avais. Il me répondit tranquillement qu'il croyait comme moi que c'étaient des bandits, et nos guides nous conseillèrent de nous faire escorter par les gendarmes ; mais madame Trépof nous supplia de n'en rien faire. Il ne fallait pas, disait-elle, lui gâter son voyage.

Elle ajouta, en tournant vers moi des yeux persuasifs :

– N'est-ce pas, monsieur Bonnard, que rien n'est bon dans la vie que les émotions ?

– Sans doute, madame, répondis-je, mais faut-il encore s'entendre sur la nature des émotions. Celles qu'inspire un noble souvenir ou un grand spectacle sont en effet le meilleur de la vie, mais celles qui résultent de l'imminence d'un péril me semblent devoir être soigneusement évitées. Trouveriez-vous bon, madame, qu'à minuit, dans la montagne, on vous appuyât sur le front le canon d'une escopette ?

– Oh ! non, me répondit-elle ; l'opéra-comique a rendu les escopettes tout à fait ridicules, et c'est un grand malheur pour une jeune femme d'être tuée avec une arme ridicule. Mais parlez-moi d'une lame de couteau, d'une lame bien blanche et bien froide qui fait sentir dans le cœur un frisson.

Elle frissonna en parlant ainsi, ferma les yeux et renversa la tête. Puis elle reprit :

– Vous êtes heureux, vous ! vous vous intéressez à toutes sortes de choses.

Elle regarda de côté et vit son mari qui parlait à l'aubergiste. Alors elle se pencha vers moi et me dit tout bas :

– Dimitri et moi, nous nous ennuyons, voyez-vous ? Il nous reste les boîtes d'allumettes. Mais on se lasse même des boîtes d'allumettes. D'ailleurs notre collection sera bientôt complète. Que ferons-nous alors ?

– Ah ! madame, dis-je, attendri par la misère morale de cette jolie personne, si vous aviez un fils, vous sauriez que faire. Le but de votre vie vous apparaîtrait et vos pensées seraient en même temps plus graves et plus consolantes.

– J'ai un fils, me répondit-elle. Il est grand, c'est un homme ; il a onze ans, et il s'ennuie. Oui, il s'ennuie, lui aussi, mon Georges. C'est désolant.

Elle jeta de nouveau un regard sur son mari qui surveillait, sur la route, l'attelage des mules et éprouvait la solidité des sangles et des courroies ; puis elle me demanda si rien n'était changé depuis dix ans sur le quai Malaquais. Elle me déclara qu'elle n'y passait jamais parce que c'était trop loin.

– Trop loin de Monte-Allegro ? demandai-je.

– Eh ! non, me répondit-elle ; trop loin de l'avenue des Champs-Élysées, où nous avons notre hôtel.

Puis elle murmura comme en elle-même :

– Trop loin ! trop loin ! avec une expression rêveuse dont il me fut impossible de découvrir le sens. Tout à coup elle sourit et me dit :

– Je vous aime beaucoup, monsieur Bonnard, beaucoup.

Les mules étaient attelées. La jeune femme rassembla les oranges qui s'échappaient de son giron, se leva et éclata de rire en me regardant.

– Que je voudrais, me dit-elle, vous voir aux prises avec les brigands ! Vous leur diriez des choses si extraordinaires !... Prenez mon chapeau et tenez-moi mon ombrelle, voulez-vous, monsieur Bonnard ?

– Voilà, me dis-je en la suivant, voilà une bien étrange petite tête ! C'est par une impardonnable distraction que la nature a donné un fils à une créature aussi folle.

Girgenti, même jour.
Ses façons m'avaient choqué. Je la laissai s'arranger dans sa lettica et je m'installai de mon mieux dans la mienne. Ces voitures, sans roues, sont portées par deux mules, l'une à l'avant et l'autre à l'arrière. Cette sorte de litière ou de chaise est d'un usage ancien. J'en vis bien souvent de semblables figurées sur des manuscrits français du quatorzième siècle. Je ne savais pas alors qu'une de ces voitures serait un jour à mon usage. Il ne faut jurer de rien.

Pendant trois heures, les mules firent sonner leurs clochettes et battirent du sabot un sol calciné. À nos côtés défilaient lentement les formes arides et monstrueuses d'une nature africaine.

Nous nous arrêtâmes à moitié route pour laisser souffler nos bêtes.

Madame Trépof vint à moi sur la route, me prit le bras et m'entraîna quelques pas en avant. Puis, tout à coup, elle me dit d'une voix que je ne lui connaissais pas :

– Ne croyez pas que je sois une méchante femme. Mon Georges sait bien que je suis une bonne mère.

Nous marchâmes un instant en silence. Elle leva la tête et je vis qu'elle pleurait.

– Madame, lui dis-je, regardez cette terre gercée par cinq mois torrides. Un petit lis blanc l'a percée.

Et je lui montrais du bout de ma canne la tige frêle que terminait une fleur double.

– Votre âme, ajoutai-je, si aride qu'elle soit, porte aussi son lis blanc. C'est assez pour que je croie que vous n'êtes point, comme vous dites, une méchante femme.

– Si ! si ! si ! s'écria-t-elle avec une obstination d'enfant. Je suis une méchante femme, mais j'ai honte de le paraître devant vous qui êtes bon, qui êtes très bon.

– Vous n'en savez rien, lui dis-je.

– Je le sais ; je vous connais, me dit-elle en souriant.

Et elle regagna d'un bond sa lettica.

Girgenti, 30 novembre 1859.
Je me réveillai le lendemain à Girgenti, chez Gellias. Gellias fut un riche citoyen de l'ancienne Agrigente. Il était aussi célèbre par sa générosité que par sa magnificence, et il dota sa ville d'un grand nombre d'hôtelleries gratuites. Gellias est mort depuis treize cents ans, et il n'y a plus aujourd'hui d'hospitalité gratuite chez les peuples policés. Mais le nom de Gellias est devenu celui d'un hôtel où, la fatigue aidant, je pus dormir ma nuit.

La moderne Girgenti élève sur l'acropole de l'antique Agrigente ses maisons étroites et serrées, que domine une sombre cathédrale espagnole.

Je voyais de mes fenêtres, à mi-côte, vers la mer, la blanche rangée des temples à demi détruits. Ces ruines seules ont quelque fraîcheur. Tout le reste est aride. L'eau et la vie ont abandonné Agrigente. L'eau, la divine Nestis de l'agrigentin Empédocle, est si nécessaire aux êtres animés que rien ne vit loin des fleuves et des fontaines. Mais le port de Girgenti, situé à trois kilomètres de la ville, fait un grand commerce. C'est donc, me disais-je, dans cette ville morne, sur ce rocher abrupt, qu'est le manuscrit du clerc Alexandre ! Je me fis indiquer la maison de M. Micael-Angelo Polizzi et je m'y rendis.

Je trouvai M. Polizzi vêtu de blanc des pieds à la tête et faisant cuire des saucisses dans une poêle à frire. À ma vue, il lâcha la queue de la poêle, éleva les bras en l'air et poussa des cris d'enthousiasme. C'était un petit homme dont la face bourgeonnée, le nez busqué, le menton saillant et les yeux ronds formaient une physionomie remarquablement expressive.

Il me traita d'Excellence, dit qu'il marquerait ce jour d'un caillou blanc et me fit asseoir. La salle où nous étions procédait à la fois de la cuisine, du salon, de la chambre à coucher, de l'atelier et du cellier. On y voyait des fourneaux, un lit, des toiles, un chevalet, des bouteilles, des bottes d'oignons et un magnifique lustre de verre filé et coloré. Je jetai un regard sur les tableaux qui couvraient les murs.

– Les arts ! les arts ! s'écria M. Polizzi, en levant de nouveau les bras vers le ciel ; les arts ! quelle dignité ! quelle consolation ! Je suis peintre, Excellence !

Et il me montra un saint François qui était inachevé et qui eût pu le rester sans dommage pour l'art et pour le culte. Il me fit voir ensuite quelques vieux tableaux d'un meilleur style, mais qui me semblèrent restaurés avec indiscrétion.

– Je répare, me dit-il, les tableaux anciens. Oh ! les vieux maîtres !

quelle âme ! quel génie !

– Il est donc vrai ? lui dis-je, vous êtes à la fois peintre, antiquaire et négociant en vins.

Pour servir Votre Excellence, me répondit-il. J'ai en ce moment un zucco dont chaque goutte est une perle de feu. Je veux le faire goûter à Votre Seigneurie.

– J'estime les vins de Sicile, répondis-je, mais ce n'est pas pour des flacons que je viens vous voir, monsieur Polizzi.

Lui :

– C'est donc pour des peintures. Vous êtes amateur. C'est pour moi une immense joie de recevoir des amateurs de peintures. Je vais vous montrer le chef-d'œuvre du Monrealese ; oui, Excellence, son chef-d'œuvre ! Une Adoration des bergers ! C'est la perle de l'école sicilienne !

Moi : – Je verrai ce chef-d'œuvre avec plaisir ; mais parlons d'abord de ce qui m'amène.

Ses petits yeux agiles s'arrêtèrent sur moi avec curiosité, et ce n'est pas sans une cruelle angoisse que je m'aperçus qu'il ne soupçonnait pas même l'objet de ma visite.

Très troublé et sentant la sueur glacer mon front, je bredouillai pitoyablement une phrase qui revenait à peu près à celle-ci :

– Je viens exprès de Paris pour prendre communication d'un manuscrit de la Légende dorée que vous m'avez dit posséder.

À ces mots, il leva les bras, ouvrit démesurément la bouche et les yeux et donna les marques de la plus vive agitation.

– Oh ! le manuscrit de la Légende dorée ! une perle, Excellence, un rubis, un diamant ! Deux miniatures si parfaites qu'elles font entrevoir le paradis. Quelle suavité ! Ces couleurs ravies à la corolle des fleurs font un miel pour les yeux ! Un Sicilien n'aurait pas fait mieux !

– Montrez-le-moi, dis-je, sans pouvoir dissimuler ni mon inquiétude ni mon espoir.

– Vous le montrer ! s'écria Polizzi. Et le puis-je, Excellence ? Je ne l'ai plus ! je ne l'ai plus !

Et il semblait vouloir s'arracher les cheveux. Il se les serait bien tous tirés du cuir sans que je l'en empêchasse. Mais il s'arrêta de lui-même avant de s'être fait grand mal.

– Comment ? lui dis-je en colère, comment ? Vous me faites venir de Paris à Girgenti pour me montrer un manuscrit, et, quand je viens, vous me dites que vous ne l'avez plus. C'est indigne, monsieur. Je laisse votre conduite à juger à tous les honnêtes gens.

Qui m'eût vu alors se fût fait une idée assez juste d'un mouton enragé.

– C'est indigne ! c'est indigne ! répétai-je en étendant mes bras qui tremblaient.

Alors Micael-Angelo Polizzi se laissa tomber sur une chaise dans l'attitude d'un héros mourant. Je vis ses yeux se gonfler de larmes et ses cheveux, jusque-là flambants au-dessus de sa tête, tomber en désordre sur son front.

– Je suis père, Excellence, je suis père ! s'écria-t-il en joignant les mains.

Il ajouta avec des sanglots.

— Mon fils Rafaël, le fils de ma pauvre femme, dont je pleure depuis quinze ans la mort, Rafaël, Excellence, il a voulu s'établir à Paris ; il a loué une boutique rue Laffitte pour y vendre des curiosités. Je lui ai donné tout ce que je possédais de précieux, je lui ai donné mes plus belles majoliques, mes plus belles faïences d'Urbino, mes tableaux de maître, et quels tableaux, signor ! Ils m'éblouissent encore quand je les revois en imagination ! Et tous signés ! Enfin, je lui ai donné le manuscrit de la Légende dorée. Je lui aurais donné ma chair et mon sang. Un fils unique ! le fils de ma pauvre sainte femme.

— Ainsi, dis-je, pendant que, sur votre foi, monsieur, j'allais chercher dans le fond de la Sicile le manuscrit du clerc Alexandre, ce manuscrit était exposé dans une vitrine de la rue Laffitte, à quinze cents mètres de chez moi !

— Il y était, c'est positif, me répondit M. Polizzi, soudainement rasséréné, et il y est encore, du moins je le souhaite, Excellence.

Il prit sur une tablette une carte qu'il m'offrit en me disant :

— Voici l'adresse de mon fils. Faites-la connaître à vos amis et vous m'obligerez. Faïences, émaux, étoffes, tableaux, il possède un assortiment complet d'objets d'art, le tout au plus juste prix et d'une authenticité que je vous garantis sur mon honneur. Allez le voir : il vous montrera le manuscrit de la Légende dorée. Deux miniatures d'une fraîcheur miraculeuse.

Je pris lâchement la carte qu'il me tendait.

Cet homme abusa de ma faiblesse en m'invitant de nouveau à répandre dans les sociétés le nom de Rafaël Polizzi.

J'avais déjà la main sur le bouton de la porte, quand mon Sicilien me saisit le bras. Il avait l'air inspiré :

– Ah ! Excellence, me dit-il, quelle cité que la nôtre ! Elle a donné naissance à Empédocle. Empédocle ! quel grand homme et quel grand citoyen ! Quelle audace de pensée, quelle vertu ! quelle âme ! Il y a là-bas, sur le port, une statue d'Empédocle devant laquelle je me découvre chaque fois que je passe. Quand Rafaël, mon fils, fut sur le point de partir pour fonder un établissement d'antiquités dans la rue Laffitte, à Paris, je l'ai conduit sur le port de notre ville, et c'est au pied de la statue d'Empédocle que je lui ai donné ma bénédiction paternelle. « Souviens-toi d'Empédocle », lui ai-je dit. Ah ! signor, c'est un nouvel Empédocle qu'il faudrait aujourd'hui à notre malheureuse patrie ! Voulez-vous que je vous conduise à sa statue, Excellence ? Je vous servirai de guide pour visiter les ruines. Je vous montrerai le temple de Castor et Pollux, le temple de Jupiter Olympien, le temple de Junon Lucinienne, le puits antique, le tombeau de Théron et la Porte d'or. Les guides des voyageurs sont tous des ânes, mais nous ferons des fouilles, si vous voulez, et nous découvrirons des trésors. J'ai la science, le don des fouilles, un don du ciel.

Je parvins à me dégager. Mais il courut après moi, m'arrêta au pied de l'escalier et me dit à l'oreille :

– Excellence, écoutez : je vous conduirai dans la ville ; je vous ferai connaître des Girgentines. Quelle race ! quel type ! quelles formes ! Des Siciliennes, signor, la beauté antique !

– Le diable vous emporte ! m'écriai-je indigné, et je m'enfuis dans la rue, le laissant s'agiter avec autant de noblesse que d'enthousiasme.

Quand je fus hors de sa vue, je me laissai couler sur une pierre et me mis à songer, la tête dans mes mains.

– Était-ce donc, pensais-je, était-ce donc pour m'entendre faire de telles offres que j'étais venu en Sicile ? Ce Polizzi était un coquin, son fils en était un autre, et ils s'entendaient pour me ruiner. Mais qu'avaient-ils tramé ? Je ne pouvais le démêler. En attendant, étais-je assez humilié et contristé ?

Un grand éclat de rire me fit lever la tête, et je vis madame Trépof qui, devançant son mari, courait en agitant dans sa main un objet imperceptible.

Elle s'assit à côté de moi et me montra, en riant de plus belle, une abominable petite boîte de carton sur laquelle était une tête bleue et rouge, que l'inscription disait être celle d'Empédocle.

– Oui, madame, dis-je ; mais l'abominable Polizzi, chez qui je vous conseille de ne pas envoyer M. Trépof, m'a brouillé pour la vie avec Empédocle et ce portrait n'est pas de nature à me rendre cet ancien philosophe plus agréable.

– Oh ! dit madame Trépof, c'est laid mais c'est rare. Ces boîtes-là ne s'exportent pas, il faut les acheter sur place. Dimitri en a six autres toutes pareilles dans sa poche. Nous les avons prises pour pouvoir faire des échanges avec les collectionneurs. Vous comprenez ? À neuf heures du matin nous étions à la fabrique. Vous voyez que nous n'avons pas perdu notre temps.

– Je le vois certes bien, madame, répondis-je d'un ton amer ; mais j'ai perdu le mien.

Je reconnus alors que c'était une assez bonne femme. Elle perdit toute sa joie.

– Pauvre monsieur Bonnard ! pauvre monsieur Bonnard ! murmura-t-elle.

Et, me prenant la main, elle ajouta.

– Contez-moi vos peines.

Je les lui contai. Mon récit fut long ; mais elle en fut touchée, car elle me fit ensuite une quantité de questions minutieuses que je pris comme autant de témoignages d'intérêt. Elle voulut savoir le titre exact du manuscrit, son format, son aspect, son âge ; elle me demanda l'adresse de M. Rafaël Polizzi.

Et je la lui donnai, faisant de la sorte (ô destin !) ce que l'abominable Polizzi m'avait recommandé.

Il est parfois difficile de s'arrêter. Je recommençai mes plaintes et mes imprécations. Cette fois madame Trépof se mit à rire.

– Pourquoi riez-vous ? lui dis-je.

– Parce que je suis une méchante femme, me répondit-elle.

Et elle prit son vol, me laissant seul et consterné sur ma pierre.

Paris, 8 décembre 1859.
Mes malles encore pleines encombraient la salle à manger. J'étais assis devant une table chargée de ces bonnes choses que le pays de France produit pour les gourmets. Je mangeais d'un pâté de Chartres, qui seul ferait aimer la patrie. Thérèse, debout devant moi, les mains jointes sur son tablier blanc, me regardait avec bienveillance, inquiétude et pitié. Hamilcar se frottait contre mes jambes en bavant de joie.

Ce vers d'un vieux poète me revint à la mémoire :

Heureux qui, comme Ulysse, a fait un beau voyage.

... Eh bien, pensai-je, je me suis promené en vain, je rentre les mains vides ; mais j'ai fait, comme Ulysse, un beau voyage.

Et, ayant avalé ma dernière gorgée de café, je demandai à Thérèse ma canne et mon chapeau, qu'elle me donna avec défiance : elle redoutait un nouveau départ. Mais je la rassurai en l'invitant à tenir le dîner prêt pour six heures.

C'était déjà pour moi un sensible plaisir que d'aller le nez au vent par ces rues de Paris dont j'aime avec piété tous les pavés et toutes les pierres. Mais j'avais un but, et j'allai droit rue Laffitte. Je ne tardai pas à y apercevoir la boutique de Rafaël Polizzi. Elle se faisait remarquer par un grand nombre de tableaux anciens qui, bien que signés de noms diversement illustres, présentaient toutefois entre eux un certain air de famille qui eût donné l'idée de la touchante fraternité des génies, si elle n'avait pas attesté plutôt les artifices du pinceau de M. Polizzi père. Enrichie de ces chefs-d'œuvre suspects, la boutique était égayée par de menus objets de curiosité, poignards, buires, hanaps, figulines, gaudrons de cuivre et plats hispano-arabes à reflets métalliques.

Posé sur un fauteuil portugais en cuir armorié, un exemplaire des heures de Simon Vostre était ouvert au feuillet qui porte une figure d'astrologie, et un vieux Vitruve étalait sur un bahut ses magistrales gravures de caryatides et de télamons. Ce désordre apparent qui cachait des dispositions savantes, ce faux hasard avec lequel les objets étaient jetés sous leur jour le plus favorable aurait accru ma défiance, mais celle que m'inspirait le nom seul de Polizzi ne pouvait croître, étant sans limites.

M. Rafaël, qui était là comme l'âme unique de toutes ces formes disparates et confuses, me parut un jeune homme flegmatique, une espèce d'Anglais. Il ne montrait à aucun degré les facultés transcendantes que son père déployait dans la mimique et la déclamation.

Je lui dis ce qui m'amenait ; il ouvrit une armoire et en tira un manuscrit, qu'il posa sur une table, où je pus l'examiner à loisir.

Je n'éprouvai de ma vie une émotion semblable si j'excepte quelques mois de ma jeunesse dont le souvenir, dussé-je vivre cent ans, restera jusqu'à ma dernière heure aussi frais dans mon âme que le premier jour.

C'était bien le manuscrit décrit par le bibliothécaire de sir Thomas Raleigh ; c'était bien le manuscrit du clerc Alexandre que je voyais, que je touchais ! L'œuvre de Voragine y était sensiblement écourtée, mais cela m'importait peu. Les inestimables additions du moine de Saint-Germain-des-Prés y figuraient. C'était le grand point ! Je voulus lire la légende de saint Droctovée ; je ne pus ; je lisais toutes les lignes à la fois et ma tête faisait le bruit d'un moulin à eau, la nuit, dans la campagne. Je reconnus cependant que le manuscrit présentait les caractères de la plus indéniable authenticité. Les deux figures de la Purification de la Vierge et du Couronnement de Proserpine étaient maigres de dessin et criardes de couleur. Fort endommagées en 1824, comme l'attestait le catalogue de sir Thomas, elles avaient repris depuis lors une fraîcheur nouvelle. Ce miracle ne me surprit guère. Et que m'importaient d'ailleurs les deux miniatures ! les légendes et le poème d'Alexandre, c'était là le trésor. J'en prenais du regard tout ce que mes yeux pouvaient en contenir.

J'affectai un air indifférent pour demander à M. Rafaël le prix de ce manuscrit et je faisais des vœux, en attendant sa réponse, pour que ce prix ne dépassât pas mon épargne, déjà fort diminuée par un voyage coûteux. M. Polizzi me répondit qu'il ne pouvait disposer de cet objet qui ne lui appartenait plus, et qui devait être mis aux enchères, à l'hôtel des Ventes, avec d'autres manuscrits et quelques incunables.

Ce fut un rude coup pour moi. Je m'efforçai de me remettre et je pus répondre à peu près ceci :

– Vous me surprenez, monsieur. Votre père, que je vis récemment à Girgenti, m'affirma que vous étiez possesseur de ce manuscrit. Il ne vous appartiendra pas de me faire douter de la parole de monsieur votre père.

– Je l'étais en effet, me répondit Rafaël avec une simplicité parfaite, mais je ne le suis plus. J'ai vendu ce manuscrit, dont l'intérêt puissant ne vous a pas échappé, à un amateur qu'il m'est défendu de nommer et qui, pour des raisons que je dois taire, se voit obligé de vendre sa collection. Honoré de la confiance de mon client, je fus chargé par lui de dresser le catalogue et de diriger la vente, qui aura lieu le 24 décembre prochain. Si vous voulez bien me donner votre adresse, j'aurai l'honneur de vous faire envoyer le catalogue qui est sous presse, et dans lequel vous trouverez la Légende dorée décrite sous le numéro 42.

Je donnai mon adresse et sortis.

La décente gravité du fils me déplaisait à l'égal de l'impudente mimique du père. Je détestai dans le fond de mon âme les ruses de ces vils trafiquants. Il était clair pour moi que les deux coquins s'entendaient et qu'ils n'avaient imaginé cette vente aux enchères, par le ministère d'un huissier priseur, que pour faire monter à un prix immodéré, sans qu'on pût le leur reprocher, le manuscrit dont je souhaitais la possession. J'étais entre leurs mains. Les passions, même les plus nobles, ont cela de mauvais qu'elles nous soumettent à autrui et nous rendent dépendants. Cette réflexion me fut cruelle, mais elle ne m'ôta pas l'envie de posséder l'œuvre du clerc Alexandre. Tandis que je méditais, un cocher jurait. Et je m'aperçus que c'était à moi qu'il en voulait quand je me sentis dans les côtes le timon de sa voiture. Je me rangeai à temps pour n'être point renversé ; et qui vis-je à travers la glace du coupé ? Madame Trépof que deux beaux chevaux et un cocher fourré comme un boyard menaient dans la rue que je quittais. Elle ne me vit pas ; elle riait toute seule avec cette franchise d'expression qui lui laissait, à trente ans, le charme de la première jeunesse.

– Eh ! eh ! me dis-je, elle rit ; c'est qu'elle a trouvé une nouvelle boîte d'allumettes.

Et je regagnai piteusement les ponts.

Éternellement indifférente, la nature amena sans hâte ni retard la journée du 24 décembre. Je me rendis à l'hôtel Bullion, et je pris place dans la salle no 4, au pied même du bureau où devaient siéger le commissaire-priseur Boulouze et l'expert Polizzi. Je vis la salle se garnir peu à peu de figures à moi connues. Je serrai la main à quelques vieux libraires des quais ; mais la prudence, que tout grand intérêt inspire aux plus confiants, me fit taire la raison de ma présence insolite dans une des salles de l'hôtel Bullion. Par contre, je questionnai ces messieurs sur l'intérêt qu'ils pouvaient prendre à la vente Polizzi, et j'eus la satisfaction de les entendre parler de tout autre article que le mien.

La salle se remplit lentement d'intéressés et de curieux, et après une demi-heure de retard le commissaire-priseur armé de son marteau d'ivoire, le clerc chargé de bordereaux, l'expert avec son catalogue et le crieur muni d'une sébile fixée au bout d'une perche, prirent place sur l'estrade avec une solennité bourgeoise. Les garçons de salle se rangèrent au pied du bureau. L'officier ministériel ayant annoncé que la vente était commencée, il se fit un demi-silence.

On vendit d'abord, à des prix médiocres, une suite assez banale de Preces piæ avec miniatures. Il est inutile de dire que ces miniatures étaient d'une entière fraîcheur.

L'humilité des enchères encouragea la troupe des petits brocanteurs, qui se mêlèrent à nous et devinrent familiers. Les chaudronniers vinrent à leur tour, en attendant que les portes d'une salle voisine fussent ouvertes, et les plaisanteries auvergnates couvrirent la voix du crieur.

Un magnifique codex de la Guerre des Juifs ranima l'attention. Il fut longuement disputé. « Cinq mille francs, cinq mille, » annonçait le crieur au milieu du silence des chaudronniers saisis d'admiration. Sept ou huit antiphonaires nous firent retomber dans les bas prix. Une grosse revendeuse en taille et en cheveux, encouragée par la grandeur du livre et la modicité de l'enchère, se fit adjuger un de ces antiphonaires à trente francs.

Enfin, l'expert Polizzi annonça le no 42 : La Légende dorée, manuscrit français, inédit, deux superbes miniatures, 3, 000 fr. marchand.

– Trois mille ! trois mille ! glapit le crieur.

– Trois mille, reprit sèchement le commissaire-priseur.

Mes tempes bourdonnaient, et j'aperçus à travers un nuage une multitude de figures sérieuses qui se tournaient toutes vers le manuscrit qu'un garçon promenait ouvert dans la salle.

– Trois mille cinquante, dis-je !

Je fus effrayé du son de ma voix et confus de voir ou de croire voir tous les visages se tourner vers moi.

– Trois mille cinquante à droite ! dit le crieur relevant mon enchère.

– Trois mille cent ! reprit M. Polizzi.

Alors commença un duel héroïque entre l'expert et moi.

– Trois mille cinq cents !

– Six cents.

– Sept cents.

– Quatre mille !

– Quatre mille cinq cents !

Puis, par un bond formidable, M. Polizzi sauta tout à coup à six mille.

Six mille francs, c'était tout ce que j'avais à ma disposition. C'était pour moi le possible. Je risquai l'impossible.

– Six mille cent ! m'écriai-je.

Hélas ! l'impossible même ne suffisait pas.

– Six mille cinq cents, répliqua M. Polizzi avec calme.

Je baissai la tête et restai la bouche pendante, n'osant dire ni oui ni non au crieur qui me criait :

– Six mille cinq cents, par moi ; ce n'est pas par vous à droite, c'est par moi ! pas d'erreur ! Six mille cinq cents !

– C'est bien vu ! reprit le commissaire-priseur. Six mille cinq cents. C'est bien vu, bien entendu… Le mot ?… Il n'y a pas d'acquéreur au-dessus de six mille cinq cents francs.

Un silence solennel régnait dans la salle. Tout à coup, je sentis mon crâne se fendre. C'était le marteau de l'officier ministériel qui, frappant un coup sec sur l'estrade, adjugeait irrévocablement le numéro 42 à M. Polizzi. Aussitôt la plume du clerc, courant sur le papier timbré, enregistra ce grand fait en une ligne.

J'étais accablé et j'éprouvais un immense besoin de solitude et de repos. Toutefois je ne quittai pas ma place. Peu à peu la réflexion me revint. L'espoir est tenace. J'eus un espoir. Je pensai que le nouvel acquéreur de la Légende dorée pouvait être un bibliophile intelligent et libéral qui me donnerait communication du manuscrit et me permettrait même d'en publier les parties essentielles. C'est pourquoi, quand la vente fut finie, je m'approchai de l'expert qui descendait de l'estrade.

– Monsieur l'expert, lui dis-je, avez-vous acheté le no 42 pour votre compte ou par commission ?

– Par commission. J'avais ordre de ne le lâcher à aucun prix.

– Pouvez-vous me dire le nom de l'acquéreur ?

– Je suis désolé de ne pouvoir vous satisfaire. Mais cela m'est tout à fait interdit.

Je le quittai désespéré.

30 décembre 1859.
– Thérèse, vous n'entendez donc pas qu'on sonne depuis un quart d'heure à notre porte ?

Thérèse ne me répond pas. Elle jase dans la loge du concierge. Cela est sûr. Est-ce ainsi que vous souhaitez la fête de votre vieux maître ? Vous m'abandonnez pendant la veillée de la Saint-Sylvestre ! Hélas ! s'il me vient en ce jour des souhaits affectueux, ils sortiront de terre. Car tout ce qui m'aimait est depuis longtemps enseveli. Je ne sais trop ce que je fais en ce monde. On sonne encore. Je quitte mon feu lentement, le dos rond, et je vais ouvrir ma porte. Que vois-je sur le palier ? Ce n'est pas l'Amour mouillé, et je ne suis pas le vieil Anacréon, mais c'est un joli petit garçon de dix ans. Il est seul ; il lève la tête pour me voir. Ses joues rougissent, mais son petit nez éventé vous a un air fripon. Il a des plumes à son chapeau et une grande fraise de dentelles sur sa blouse. Le joli petit bonhomme ! Il tient à deux bras un paquet aussi gros que lui et me demande si je suis M. Sylvestre Bonnard. Je lui dis qu'oui ; il me remet le paquet, dit que c'est de la part de sa maman et s'enfuit dans l'escalier.

Je descends quelques marches, je me penche sur la rampe et je vois le petit chapeau tournoyer dans la spirale de l'escalier comme une plume au vent. Bonjour, mon petit garçon ! J'aurais été bien aise de lui parler. Mais que lui aurais-je demandé ? Il n'est pas délicat de questionner les enfants. D'ailleurs le paquet m'instruira mieux que le messager.

C'est un très gros paquet, mais pas très lourd. Je défais dans ma bibliothèque les faveurs et le papier qui l'entourent et je trouve... quoi ? une bûche, une maîtresse bûche, une vraie bûche de Noël, mais si légère que je la crois creuse. Je découvre en effet qu'elle est composée de deux morceaux qui sont joints par des crochets et s'ouvrent sur charnières. Je tourne les crochets et me voilà inondé de violettes. Il en coule sur ma table, sur mes genoux, sur mon tapis. Il s'en glisse dans mon gilet, dans mes manches. J'en suis tout parfumé.

– Thérèse ! Thérèse ! apportez des vases pleins d'eau ! Voici des violettes qui nous viennent de je ne sais quel pays, ni de quelle main, mais ce doit être d'un pays parfumé et d'une main gracieuse. Vieille corneille, m'entendez-vous ?

J'ai mis les violettes sur ma table, qu'elles recouvrent tout entière de leur buisson parfumé. Il y a encore quelque chose dans la bûche, un livre, un manuscrit. C'est... je ne puis le croire et ne puis en douter... C'est la Légende dorée, c'est le manuscrit du clerc Alexandre. Voici la Purification de la Vierge et l'Enlèvement de Proserpine, voici la légende de saint Droctovée. Je contemple cette relique parfumée de violettes. Je tourne les feuillets entre lesquels des petites fleurs sombres se sont glissées, et je trouve, contre la légende de sainte Cécile, une carte portant ce nom : princesse trépof.

Princesse Trépof ! vous qui riiez et pleuriez tour à tour si joliment sous le beau ciel d'Agrigente, vous qu'un vieillard morose croyait être une petite folle, je suis certain aujourd'hui de votre belle et rare folie, et le bonhomme que vous comblez de joie ira vous baiser les mains en vous rendant ce précieux manuscrit dont la science et lui vous devront une exacte et somptueuse publication.

Thérèse entra en ce moment dans mon cabinet : elle était très agitée.

– Monsieur, me cria-t-elle, devinez qui je viens de voir à l'instant dans une voiture armoriée qui stationnait devant la porte de la maison.

– Madame Trépof, parbleu ! m'écriai-je.

– Je ne connais pas cette madame Trépof, me répondit ma gouvernante. La femme que je viens de voir est mise comme une duchesse avec un petit garçon qui a des dentelles sur toutes les coutures. Et c'est cette petite madame Coccoz à qui vous avez envoyé une bûche quand elle accouchait il y a de cela onze ans. Je l'ai bien reconnue.

– C'est, demandai-je vivement, c'est, dites-vous, madame Coccoz ? la veuve du marchand d'almanachs ?

– C'est elle, monsieur ; la portière était ouverte pendant que son petit garçon, qui venait de je ne sais où entrait dans la voiture. Elle n'a guère changé. Pourquoi ces femmes-là vieilliraient-elles ? elles ne se donnent point de souci. La Coccoz est seulement un peu plus grasse que par le passé. Une femme qu'on a reçue ici par charité, venir étaler ses velours et ses diamants dans une voiture armoriée ! N'est-ce pas une honte ?

– Thérèse, m'écriai-je d'une voix terrible, si vous me parlez de cette dame autrement qu'avec une profonde vénération, nous sommes brouillés ensemble. Apportez ici mes vases de Sèvres pour y mettre ces violettes qui donnent à la cité des livres une grâce qu'elle n'avait jamais eue.

Pendant que Thérèse cherchait en soupirant les vases de Sèvres, je contemplais ces belles violettes éparses, dont l'odeur répandait autour de moi comme le parfum d'une âme charmante, et je me demandais comment je n'avais pas reconnu madame Coccoz en la princesse Trépof. Mais ç'avait été pour moi une vision bien rapide que celle de la jeune veuve me montrant son petit enfant nu dans l'escalier. J'avais plus raison de m'accuser d'avoir passé auprès d'une âme gracieuse et belle, sans l'avoir devinée.

– Bonnard, me disais-je, tu sais déchiffrer les vieux textes, mais tu ne sais pas lire dans le livre de la vie. Cette petite étourdie de madame Trépof à qui tu n'accordais qu'une âme d'oiseau, a dépensé par reconnaissance, plus de zèle et d'esprit que tu n'en as jamais mis à obliger personne. Elle t'a payé royalement la bûche des relevailles.

– Thérèse, vous étiez une pie, vous devenez une tortue ! Venez donner de l'eau à ces violettes de Parme !